Medico Penna

メディコ・ペンナ 万年筆よろず相談

Medico Penna

メディコ・ペンナ 万年筆よろず相談

鋼筆醫生

將會改變你的人生——

Medico Penna

メディコ・ペンナ 万年筆よろず相談

蓮見恭子——著　楊明綺——譯

目次

第一話　你的人生將會改變　007
第二話　幸福的鋼筆　069
第三話　不完整的收藏　119
第四話　走自己的路　173
第五話　魔法鋼筆　211
謝辭　271
參考資料　272
參考網站　273

輕輕鬆開以六十度角度握住鋼筆的手。

「啪」的一聲切掉開關，高速迴轉中的磨床緩緩減速，不久便停止。

接著拿出來的是迴轉收納式銀框放大鏡。他把這東西置於離雙眼有一小段距離的位置。

確實地聚焦後，移開放大鏡，把砥石挪至手邊，另一隻手握著帶有黑色光澤的鋼筆，讓金色筆尖發光。

有如變魔術般動作著的手，依序拿起砂紙、紙片與金屬工具，還不時讓筆尖浸泡在盛水容器裡，再用手指推開。

坐在對面的是這枝鋼筆的持有者，一臉不安的他彷彿沒想到店家會如此大膽地處理自己帶來的東西。

但，我明白。

現在，堵塞的墨水流出，這枝鋼筆成了適合持有者的物品。

「請。」

持有者戰戰兢兢地接過緩緩遞向他的鋼筆。當筆尖滑過紙面的瞬間，他露出驚訝的表情。

Medico Penna[1]。

這裡是祈願人生有所改變的人們匯聚的地方。

1 義大利文的 medico 指醫師，penna 為鋼筆或筆，medico penna 是「鋼筆醫師」的意思。

第一話

你的人生將會改變

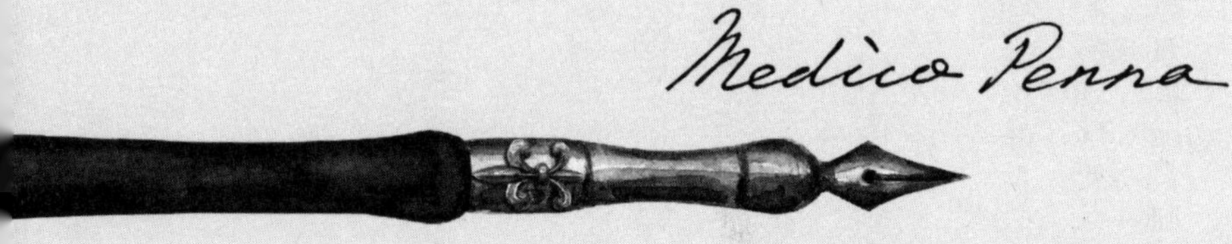

五月

不太冷也不太熱的空氣籠罩著煙雨濛濛的三宮[2]。

出門前，用除臭劑猛噴昨晚晾在浴廁裡的套裝，無奈還是留有些許汗臭味。

野並砂羽打開右手拿著的紅傘。

左肩背著托特包，拖行似的踩著鞋跟有點磨損的低跟鞋，沿著高架橋朝西前行。

離桃子的盛產期還有點早，當季的是哈密瓜還是芒果呢？吃個聖代嗎？還是喝飲料？用一整盒草莓裝飾的聖代實在太多了，選擇加了木莓醬的拿鐵，再擺上奶油泡芙吧，巧克力醬也不錯。

每次走到南北向大馬路時，夾在建築物之間的六甲山黑影就像朝這裡迫近似的映入眼簾。砂羽望著平緩山稜，繼續前行。

目的地是TOR WEST，曾和美海去過一次的咖啡廳就在這區。

平常的話，會善待荷包，只外帶一杯源自台灣的珍珠奶茶。但今天比較大膽，應該說有點自暴自棄吧，覺得就算是一個人也可以走進那間時尚咖啡廳。

卻馬上就後悔了。

背著沉甸甸的包包，踩著低跟鞋，撐傘走路比想像中來的辛苦許多。沒必要冒雨前行，乾脆去三宮地下街的 GODIVA 喝杯巧克力吧，這樣不必淋雨。這麼想著的砂羽已經走到 TOR ROAD。相較於餐飲店聚集、夜晚喧囂熱鬧的東側，稱為 TOR WEST 的這區是神戶時髦女生們的最愛。

因為拐錯街角，繞了一點路之後，映入眼簾的是外牆貼著褐色磁磚，架著醒目白色遮陽棚的建築物。

透過一棟雜貨店擦拭光亮的玻璃，可以看見擺在店裡的可愛竹編包、顏色鮮豔的布與銀飾。

砂羽隨意探看時，正好瞧見自己映在櫥窗上的模樣，冷不防嚇了一跳。駝背導致肩線下垂，半長不短的裙子讓腿看起來很粗，一頭毛躁頭髮在耳朵一帶更顯蓬鬆，整個人看起來很老氣。

——天啊！哪像是求職的學生啊，根本是飽受生活折磨的歐巴桑……

2 神戶市中心，歷經二次大戰神戶大空襲及阪神大地震，重建後除了興建許多大型購物商城外，也在很多地方保留昭和時期的懷舊風情。

這時，櫥窗映照出從砂羽身後走過的兩名女子。

頂著時下流行的捲髮，身穿飄逸連身裙的女孩們有說有笑地登上通往二樓咖啡廳的樓梯，瞬間不見身影。

砂羽怔怔望著那道樓梯。

明明是雨天，女孩們卻踩著美麗的涼鞋，一舉一動有如水鳥般輕盈。

——不，不想以這副模樣進去。

特地冒雨前來，卻頓時失了興致。

砂羽再次慢吞吞地邁開腳步。

每到三月，無論是校園還是電車上，四處可見穿著制式黑色套裝的求職生，但現在沒人會以這身裝扮在街上閒晃了。

砂羽和其他學生一樣，從三月開始參加了超過二十間公司的徵才考試，沒有被任何一家錄取。失去手中可用棋子的她，只好把目標轉移到從不感興趣的行業與中小企業。

方才面試的那間公司雖不是她有興趣的行業，但參加了徵才說明會與筆試後，隔天就收到通知面試的電子郵件。畢竟要是第一關都過不了，就不會有第二次考試與面試的機會，所以收到通知時，砂羽鬆了一口氣。

無奈這樣的心情維持不了多久，因為今天面試時表現不理想，感覺很糟。事前做的準備彷彿嘲笑砂羽似的完全失算，全是些意料之外的提問，沒有一題回答得好。

——肯定又沒希望了吧。

有把握筆試順利過關，卻總是敗在面試。

不，是自己運氣不好。

就像今天，明明打算重振精神，結果一早就淅淅瀝瀝地下著雨，一想到可能會不太順利，出門前忍不住心情一沉。

——那接下來要幹嘛呢？

既然都走到這裡了，就這麼直接回去實在不甘心，於是她朝著與車站相反方向的山麓一帶前行。

無奈其他咖啡廳不是正逢公休日，就是客滿。砂羽經過 TOR ROAD 飯店前，沿著山坡路來到舊北野小學。架在窗上的皇家藍遮陽棚格外醒目。

現在這裡稱為北野工房之街，重新裝修成體驗型觀光景點。今天似乎有活動，門扉上裝飾印著「WELCOME」字樣的氣球。

——就這裡吧。

在美食街買個布丁或現搾果汁，去多功能室歇腳吧。

一踏入就感受到彷如時光倒流般的懷舊氛圍。

利用舊校舍裝修而成的設施，保留了拱形設計的天花板，以及留有歲月痕跡的木地板，二樓的教室成了販售雜貨與服飾的小店。

被激起好奇心的砂羽一邊仰望著懷舊風格的水晶吊燈，一邊步上樓梯。

「神戶筆展」，樓梯盡頭立著一塊這樣的看板，裡頭聚集了不少人。

站在入口的砂羽挺直背脊，探頭看著。販售文具用品、生活雜貨的店家齊聚一堂的樣子。

因為人潮不斷，站在入口的她就這樣被後方來的人推擠到售票處。「入場費五百日圓。」售票人員伸出手說。

對活動內容不感興趣，也不太喜歡人多的地方。砂羽打算右轉離去時，忽然瞥見一行字：

你的人生將會改變　鋼筆萬事諮商

攤位就在售票處正後方，有位看起來應該是老闆的男子，一頭蓬亂白髮覆臉，看不清楚容貌，但下顎輪廓柔和，似乎不到老爺爺的年紀。

砂羽不由得付了入場費，逛了一圈展場，駐足在看得見「萬事諮商」攤位的位置。參展的攤商們都在桌上精心陳列著鋼筆、原子筆、鉛筆盒、紙製品之類的文具用品，以及擺飾用的生活小物，還有說明用的手寫海報。

唯獨「萬事諮商」那一隅散發著獨特氛圍。

除了信封、便箋、筆記本之外，只擺了寥寥幾枝鋼筆。桌上最顯眼的東西是厚重的金屬板子、鐵棒，以及一台看似堅固，由螺絲、螺帽等零件組合而成，約莫筆電大小的機器。造型宛如工藝教室裡的老虎鉗橫擺，有著無數磨損痕跡的齒輪盤踞轉軸中央。

這台不可思議的機械旁邊除了砂紙、針筒、玻璃吸管，還有夾東西用的工具與黑色橡膠，老闆的腳邊擺著盛水的桶子。

一頭白髮的老闆正在接待坐在他對面的男性客人。

砂羽佯裝端詳桌上的商品，豎起耳朵聽。

「就我看來，狀態非常好。」

老闆把鋼筆擱在筆盤上。

「可是對我來說，太粗了。」

「原來如此。研磨後可以縮小字幅，但調整後就無法再復原了。其實字體粗細各有不同的使用時機，照這樣使用不行嗎？」

男客人思考片刻後，回道：

「還是調整吧，我每次寫字，字都會粗到突出格線外。麻煩你了。」

「了解。若是這樣的話，幫您調整字幅。」

這麼回應的老闆開始拆解鋼筆，置於桌面的紙上排放著被拆解的各式零件。他從中拿起一枚金屬片，擺在中央。

金屬片呈筆形。

老闆剪了一小片不知從哪兒冒出來的紙膠帶，覆蓋金屬片，再用裝上鑷子的黑色筒狀工具夾住。

準備完畢後，啟動擺在一旁的機器開關。

轉軸上的齒輪開始旋轉，轉到一半還發出劇烈搖晃聲，霎時成了展場的矚目焦點。不以為意的老闆把鑷子狀工具夾著的金屬片輕輕碰觸旋轉中的齒輪。

老闆按停好幾次機器，用銀色工具窺看削過的金屬片，然後再次啟動機器削金屬片。一件事重複進行了將近二十分鐘，讓砂羽失去了耐性。

她決定去逛逛其他攤位。

繞了展場一圈回來，恰巧看到金屬片從紙膠帶剝落的瞬間。老闆將回復原樣的鋼筆遞向客人。

「您覺得如何？」

客人試寫。

「嗯……可以再細一點嗎？」

順應客人的要求，老闆重新拆解鋼筆，用紙膠帶包住金屬片，開始磨。

從這一連串流程實在看不出有什麼讓鋼筆持有者「人生將會改變」的事。

砂羽再次望向看板，唸著一旁的說明小字：

——鋼筆有著改變人生的力量，要不要試著改變你的人生呢？

「呀啊啊啊！」

突然傳來奇怪叫聲。

「太棒了……我收到錄取通知了！」

「咦，真的嗎？」

「恭喜！太好了。」

聲音的主人瞬間被朋友們包圍，突兀的熱鬧氛圍在聚集著飢腸轆轆學生們的學校餐廳裡擴散開來。

「好像是收到『10cc』的錄取通知。砂羽，妳聽過這間公司嗎？」

山口美海端著盛有豆皮烏龍麵的大湯碗，落坐砂羽身旁。只見她一臉不悅地用力放下湯碗，碗裡的湯汁濺出。

「我知道 10cc 啊，很有名的珠寶製造商。」

「是喔。」

銷售鑽石、白金、K金等白色貴金屬，深受二十幾歲女性族群喜愛。

美海立刻用手機搜尋「10cc」、「公司評價」，查看風評如何。只見她不以為然地說：

「這間公司好像都讓女性去做販售，被分派到企畫部、業務部的都是男生。接待客戶這樣的工作只有年輕時能做，感覺不是一份能待很久的工作。」

「這是偏見吧？」正這麼想的砂羽聽到美海說：「今早連續收到三封祝福信。」

所謂祝福信就是企業主寄來的未錄取通知，因為文末會寫上一行「祝福您今後鴻圖大展」，所以這種信被求職生戲稱為「祝福信」。

「砂羽呢？」思索著要怎麼打破沉默的砂羽被美海這麼一問，無力地搖搖頭，兩人一起嘆氣。

砂羽緊握擱在桌上的雙手。

明明有人同時錄取好幾間，煩惱著要選擇哪一間公司，砂羽和美海卻連一份錄取資格都沒拿到。

——根本是完全落後吧……當初要是認真參加企業參訪就好了。

企業搶人才搶得凶，砂羽聽說表現出色的學生早在企業參訪時就被錄用了。

但，她還是一派樂觀。

反正不管怎麼樣，一定有容身之處吧。

砂羽就是過於樂觀，才會到了求職活動正式開始的三月份，還無法決定自己想做什麼、想進哪間企業。

反正先從幾間聽過名號的企業開始投遞求職報名表吧。就是基於這般便宜行事的心態，才會收不到任何錄取通知。

手上能用的棋子愈來愈少，只好把眼光轉移到中小企業，無奈也不順利。因為中小企業徵才人數本來就不多，所以又遇到了難關。

時節更迭，不知不覺間黃金週[3]結束了。

原則上，經團連[4]明訂三月開始投遞求職報名表，六月開始選考活動[5]。但也有企業提早進行選考，四月就確定了錄用人選。

不，聽說若是條件優秀，在企業參訪階段就能參加算是最後一關的團體面試，所以早在開放投遞求職報名表之前就已雀屏中選。

「不見得法律系畢業就能通過司法考試，而光憑大學程度的法律知識勝任不了相關工作，所以考大學時要慎選科系。」

美海一邊吃烏龍麵，一邊問這麼嘀咕著的砂羽：

「比方說呢？」

「像是藥學系、幼教系，所學的馬上就能應用在工作上。」

「話是這麼說沒錯啦，但我決定志願時，實在對這方面沒興趣。」

砂羽是透過推薦入學方式，就讀關西綜合大學法律系。這是只要在校成績表現不俗，出席日數也達標，品行端正，就能甄選入學的制度。

但甄選條件相當複雜，不見得能順利進入自己想讀的科系。

「不過還是有人一畢業就通過資格考。要是當初不參加研討小組，多點時間念書，應該就能考取……」

一再湧現的後悔反覆襲上心頭。

其實就算沒參加研討小組也不會專心準備資格考的，一樣是浪費時間吧。

三年多前如願成為大學生的砂羽，沉浸在獨立生活解放感的同時，也因為考取的大學和想像中不太一樣而錯愕。

3 四月底五月初的連假期間。

4 一般社團法人日本經濟團體連合會。

5 包括筆試與面試。

參加入學典禮的學生不少，卻找不到一張熟面孔，加上多是從附屬高中直升的學生。砂羽看著彼此熟識的學生們興奮不已的模樣，後悔來到這個人生地不熟的地方。

雖然參觀了幾個社團，卻沒有一個讓她感覺能交到朋友，總覺得很難打入社團既有的人際關係。

染著明亮髮色、戴上讓眼睛看起來變大的彩色隱形眼鏡，打扮得有如時尚雜誌模特兒的附屬高中女孩子們讓砂羽自慚形穢。拙於和男生打交道的她，在學校找不到什麼容身之處。

大學的上課方式有別於高中，多採跑班制，好不容易認識的人，一段時間沒見又生疏了。等回過神來，才發現自己經常獨來獨往。

現在比較常在一起的美海是在課堂分組討論時，同樣因為落單而湊在一起，進而變得熟稔的朋友。

「雖然不太情願，但最後還是要靠父母吧……」

美海無心的一句話，扎得砂羽的心隱隱作痛。

——父母啊……他們不知道怎麼樣了。

上大學後，砂羽一次也沒回老家。起初暑假和年關將至，母親還會打電話來問，但最近這幾年連電話也沒打了。

「果然成長環境對一個人有影響吧？對找工作也是。」

「咦，什麼意思？砂羽和家裡的關係不好嗎？一家人各分東西？還是被家暴？」

面對雙眼發亮、打破沙鍋問到底的美海，砂羽只是苦笑。

從小衣食無虞，父母對教育方面的花費也很捨得，還讓她讀私立大學，按月匯生活費。旁人看來，算是家境優渥，頗受家人疼愛吧。

但砂羽實在無法像美海那樣，理所當然認為，真的不行就靠爸媽介紹。

每次聽到周遭人說「我和爸媽討論過要進哪間公司」、「反正靠爸媽的人脈」就覺得心情格外浮躁，只想逃離現場。

對砂羽來說，父母並非「凡事都能商量，萬一有狀況可以依靠」的人。換句話說，就是親子關係不太好。

「哦，妳對這個感興趣？」

美海窺看砂羽擱在膝上的托特包，裡頭有一本真廣汀的文庫本。

「妳知道真廣汀？」

「借我瞄一下……什麼呀，原來是小說。」

美海接過文庫本，迅速翻閱。

雖說是文庫本，其實是特別印製的同人誌。有那種專為從事創作活動的業餘愛好者提供文庫本尺寸印刷、裝訂服務的印刷廠。

「新城秋只有畫封面啊。」

「厲害，妳也知道新城秋啊？」

砂羽再次驚訝。

新城秋雖非職業漫畫家，但是在同人誌迷之間小有名氣。

「嗯，我高中參加過漫研社……」

美海的聲音愈來愈小。

「哇！還是第一次聽妳說。」

「這沒什麼好自豪吧，況且上大學後就找不到同好了。」

砂羽頓時覺得與美海之間的距離一口氣縮短。

「要不要看？喜歡漫畫的話應該會喜歡。妳看，還有插畫。」

砂羽翻頁，秀出有插畫的地方。

「嗯……是喔。」

「這本小說是以神戶為舞臺，提到很多美味的東西喔！」
不管是簡餐輕食還是甜點，對美食毫無抵抗力的美海似乎有點心動。
「我看完了，妳慢慢看吧，也想聽聽妳的感想。」
「我不太看小說……不曉得什麼時候才能還。」
美海不太感興趣似的接過書，塞進包包。
氣氛突然有點尷尬，砂羽趕緊換個話題。
「對了，我前幾天發現一間有趣的店，標榜『你的人生將會改變』。」
「好詭異喔。」
美海誇張地蹙眉。
「是什麼奇怪的新興宗教嗎？」
「是一間專賣鋼筆的店。」
「咦，文具用品的鋼筆？」
美海聽得一頭霧水。
「可能是賣鋼筆兼占卜的店吧。」
「完全搞不懂。」

從神戶筆展時的情況來看，似乎是提供鋼筆維修、加工之類的服務。

那天，砂羽很想問看板上那句話的意思，但老闆忙著磨客人帶來的鋼筆，結果她連搭句話的機會都沒有就走了。

「什麼樣的店？」

「不知道耶……看板上只寫著『鋼筆萬事諮商』。」

美海掏出手機開始搜尋。

「找到了！這個嗎？」

搜尋到的是一間名為Medico Penna的店。

「妳看，妳看，好可愛的建築喔。」

店鋪外觀是石造洋樓，拱形牆凹處有扇大門，一樓和二樓的窗戶是堇紫色的百葉窗。

「哦，這什麼……『鋼筆有著改變人生的力量，要不要試著改變你的人生呢？』果然是這裡沒錯吧？等等！」

美海表情一變。

「『只要帶著正在用的鋼筆過來，就能協助你改變人生。只收取鋼筆調整費……』

好有趣喔，要不要去看看？」

「去看看又能怎麼樣？」

「就帶著自己的鋼筆，請他鑑定我們的求職活動會不會順利呀！」

「問題是，妳有在用鋼筆嗎？」

美海「嘿嘿」笑著，從筆袋掏出幾枝六角形彩色筆蓋的筆。

「這是Pilot[6]的Kakuno系列，一枝只要一千日圓，所以我買了幾枝不同顏色的。」

她摘掉筆蓋，遞向砂羽。

砂羽拿著筆在手邊的紙上試寫，勾勒出意想不到的滑順線條。這是自動筆、原子筆沒有的書寫感。

「砂羽，妳有鋼筆嗎？」

「嗯……記得收到過一枝慶賀我上大學的鋼筆……」

6　百樂，日本文具製造公司，一九一八年創業至今。下文的Kakuno日文為カクノ（寫吧），一般譯為微笑系列，標準字在u的上方加上兩點，形成微笑符號。

「那就帶那枝筆去啊！」

「可是我一次也沒用過。」

看廣告文案上的意思，似乎是以平常使用的鋼筆來鑑定。

「現在開始用不就得了。」

這麼說的美海趕緊點開手機行事曆，查看適合的時間。

兩人開始討論什麼時候去 Medico Penna。

「到底塞到哪裡去了啊……」

返回租屋處的砂羽打開從壁櫥拖出來的紙箱，瞧了一會兒後又蓋上。剛搬到這裡時行李明明不多，沒想到過了三年又幾個月的時間，東西多到滿出來。

用初次領到的工資買的口紅、根本不合腳的淑女鞋、集點換來的贈品、在義賣會買的古董餐具，還有單憑一句「好可愛喔！」就衝動購物、塞滿衣櫃的衣服……

雖然每一件都是小東西，但積少成多就會占據空間。

目標物就塞在壁櫥最裡面一個搬來後始終沒打開過的紙箱裡。

堅固的黑色盒子上，印著不曉得是廠商名還是商品名稱的銀色字體，打開一瞧，裡頭有枝黑得發亮的鋼筆與一小瓶墨水。

鋼筆附有金色筆夾與環狀綴飾。

輕輕轉開筆蓋，出現鑲金邊的銀色筆尖。

砂羽試著讓筆尖在紙上滑了一下，墨水沒出來，應該是要用什麼方法把裝在一起的小瓶墨水放入筆裡才能使用吧。

——美海說，現在開始用就行了……

儘管附有說明書之類的東西，砂羽卻突然覺得好麻煩，蓋上盒蓋。

結果還是沒開始用這枝鋼筆和墨水。

這枝鋼筆是父母送的。

經營法律事務所的父親十分忙碌，鮮少在家，除了不時要應付客戶，就連休假日也忙於工作，所以一家人從未一起出遊過。

不滿丈夫簡直把家當旅館的母親，很自然地將一門心思全放在獨生女砂羽身上。

從小學開始，放學後的時間就被才藝課與補習班占滿，和朋友出遊時也得留意時間，準時趕回家才行。

母親連砂羽的社團活動、交友情況都要管，可說是全面監控。還得經常看母親的臉色，別做惹她不高興的事。心累的砂羽選擇就讀離家甚遠的大學，也是為了逃離雙親的管控。

砂羽在升學志願單上寫了「想透過推甄，就讀東京或近畿一帶的私立大學」，所以在高三暑假前舉行的三方面談上，一心想讓家長清楚了解孩子升學情況的班導師，主動提起推甄一事。

「以她的成績來說，一定沒問題。」

那時，母親詫異地問：

「學校怎麼會推薦她去讀離家這麼遠的大學？」

畢竟是砂羽擅自決定的事，母親驚訝是理所當然，但她已經不是小孩子了。認真準備每一次段考，努力保持名列前茅，即使身體有點不適也不曾請假，因此砂羽透過推甄進入名校不是問題。

相較於母親的強烈反對，父親倒是伸出援手。面對試圖阻止獨生女離家獨立生活的妻子，父親乾脆地說道：

「沒什麼不好吧。」

因為砂羽想就讀的是「法學院」，這一點給父親留下了好印象。

「別說這種不負責任的話，如果砂羽發生什麼事怎麼辦？」

「孩子總有一天會離家，只是稍微提早一點罷了。」

「自己平常不顧家庭，這時倒是裝出一副開明樣……要是砂羽遇到什麼事，就是你的責任！」

如果母親見到現在的我，大概會一臉得意地說：

「誰教妳那時不聽我的話。」

實際開始求職後，才明白許多時候不是只要努力就能得到認可。

研討小組中有那種一直都染茶色髮，為了求職活動特地染黑，輕鬆取得錄用的人；也有拚命打工，很少來上課，靠著向認真上課的朋友借筆記寫報告，就拿到學分的學生。

砂羽沒有能輕易開口借筆記的朋友，只好老實地上課，卻不見得都能拿到學分。

某天，她在教室聽到同學說：「跟教授打好關係有好處唷。」說這話的是看起來頗愛玩的學生。

這世界真不公平。

認真努力不一定有回報。在大人的世界裡，善於投其所好、擅長溝通、容姿秀麗等條件更重要。

好想改變。

卻無力改變。

出了ＪＲ三宮站的中央驗票口，就能看見位於十字路口另一側的木造建築：西村咖啡店。

平常不太會去居酒屋林立的車站北側一帶，但在神戶土生土長的美海熟知三宮、元町的美食情報，今天也是因為她說「有間一直很想去的店」而來到這裡。

「咦，這裡嗎？」

「是啊，森咖啡。」

美海像是被吸入似的走進樹木高聳的街角。

一塊立著的手寫看板映入眼簾：GREEN HOUSE。

蒼鬱樹林中的入口有條小徑通往深處，樹上有鳥巢箱。不曉得是不是負離子的效果，氣溫驟降，有種誤闖某處高原的感覺。

登上鋼筋水泥外露的狹窄樓梯，來到三樓的露臺座位，眼前是一片廣闊綠幕。

店裡除了蛋包飯與義大利麵、披薩外，還提供兩種每天替換的商業午餐。今天午餐只吃肉包，省下來的錢要用來大啖甜點。

擺在甜點櫃裡的每種蛋糕都好可愛，看起來十分美味，難以取捨。結果點了兩個蛋糕，一起分著吃。

「其實我啊，想去的是另一所大學。」

等待甜點上桌期間，美海提及位於京都觀光勝地旁的某所大學。

「我一共申請了這裡和京都、大阪三所學校，結果只上了現在這所。雖然是最不想去的學校，但是不想重考。」

這番意外之言令砂羽詫異。

「畢竟是土生土長的神戶人，當然喜歡神戶啦。比起大阪、東京，還是覺得神戶最好。」

這麼說的美海呵笑。

「不過，也有討厭的時候。我高中就讀神戶一所校史悠久的知名女校，卻被班上最有權勢的小團體盯上……所以有一段時間拒絕上學。」

小團體首腦的父母捐了很多錢給學校，連老師也不敢惹她，結果把問題全推給美海。

「學校老師最討厭學生惹麻煩了。『為什麼不能自己解決，幹嘛要我幫忙擦屁股？』只會這麼想。惹麻煩的是對方呀！明明是這樣，卻說得好像是不擅長處理事情的我不對。對方是小團體，一群人成天批評我的長相，數落我說的話。被孤立真的很痛苦，我向別人求助，得到的回應卻是『她們那群人的作風就是這樣，不必那麼在意啦。』結論是被霸凌的人不對，太在意別人看法的人不對，被傷害的一方不對。很多人羨慕我畢業於那所學校，其實對我來說根本是惡夢一場。」

美海之所以隱瞞自己高中參加過漫研社一事，也是因為這緣故吧。怕自己成為被霸凌、嘲諷的對象。

「其實企業也是一樣。他們想要的是班上或社團裡的風雲人物，就算被霸凌也能自行解決的堅強孩子；不會惹麻煩、很懂人情世故的傢伙。對學校和企業來說，那種下課時在操場上打排球的學生，比窩在教室角落看書的孩子來得優秀多了。」

或許是因為遲遲收不到錄取通知，美海忍不住滿腹牢騷。

蛋糕與咖啡終於上桌，烤得香酥的水果塔，滿滿鮮奶油的戚風蛋糕，巧克力慕斯與起司蛋糕的絕妙組合。

「這下要愈來愈胖了。」

兩人愉快暢聊，享用美食，度過悠閒時光。

查了網站，Medico Penna 似乎位於珍珠街旁的巷弄裡。之所以不太確定，是因為美海說「這一帶是連棟小房子的住宅區」，不像是有西式建築矗立的地方。

步出店外的兩人先走回車站前，再沿著生田新道往西行，途中拐進一條路，就這樣來到生田神社。這裡因為藤原紀香和陣內智則在此舉行婚禮而出名，也是以祈求好運、戀愛結緣靈驗著稱的著名神社。「保佑我能進入不錯的公司，求職順利。」投入香油錢，一起拍手拜神。

從神社的西北門出去，就是中山手通。就在砂羽心想接下來要往哪兒時，美海率先過馬路，走進夾在韓國大使館與NHK大樓之間，一條僅容兩人並行的窄巷。

一位站崗的男子向她們打招呼，應該是生田署的警官吧。「你好！」砂羽她們回禮後，登上高聳建築物的黑影與樹影在地上交錯的坡道，不久便瞧見位於左手邊的教堂尖塔，瞬間又被建築物隱沒。

坡道盡頭是一條東西向道路，這條路就是珍珠街。右邊是女大校園，左邊聳立著一座宛如城堡的清真寺。

「看地圖，應該是直走吧……」

美海掏出手機查看，兩人過馬路走進僅容一輛車通行、獨棟房子和兩層樓公寓連棟相依的狹窄巷弄。

「美海，真的是這裡嗎？妳看，前面沒路了。」

巷弄盡頭有一棟民宅。

默默前行的美海突然停下腳步。

「這裡嗎？」

「好像是。」

以為已經到了盡頭，路卻往右拐，朝別處延伸。再往裡面一點的地方，有一幢和網站上的照片一樣有著堇紫色百葉窗的洋房。

遠比想像中來的小，像是洋房的一部分被切割出來，門面不大的建築。

百葉窗搭配內嵌式拱形玄關，門前還有一小段階梯。階梯旁擺了棵大盆栽，裡頭的植物一副快傾倒的樣子。

「好像妖精住的娃娃屋呢！」

「進去吧……」

登上三階樓梯，美海緩緩推開感覺頗厚重的木門，響起嘰嘎聲。

瞬間從屋內流洩出一股似曾相識的味道。可能是窗簾上的灰塵吧，就是學校圖書館的味道。

砂羽站在美海身後窺看，屋內留著粉刷多次的痕跡，還有抽屜很多的家具。柔和的照明讓人錯覺已是黃昏。

古董家具上排放著便箋、信封、精美剪紙圖案的卡片和筆記本等，卻沒看到鋼筆。

老闆坐在窗邊的舊書桌前，忙著接待客人。

窗外的陽光透過窗簾溫柔地遍灑屋內，老闆的蓬鬆白髮閃耀著銀色光芒。他身後擺著前幾天在會場看到的機器，以及一些不知是什麼用途的工具、砂紙與小小的砥石，還有沾染墨水的布。

老闆明明察覺到有人進來，卻沒有出聲招呼，也沒看向她們。

美海用眼神示意：「我們可是有預約喔。」

這時，坐在老闆對面的男客人回頭。

看起來約莫三十歲吧。搭配西裝顏色的深藍底白點領帶很有時尚感，長得像深受歡迎的某民營電視台主播。「哇……」美海悄聲驚呼。

「歡迎光臨，午安。」

男客人代替沉默寡言的老闆，親切招呼。

「這個人只要一開始工作就變得很安靜，平常不是這樣，不會那麼沒禮貌。」

這麼說的男客人又對老闆說：

「我有試著清理堵塞的墨水，卻無法完全融化……如何？裡頭的墨水塊清得掉嗎？」

老闆手上有枝造型清爽的銀色鋼筆。「這是在拍賣網買的」、「吸墨器一直插著都生鏽了，好像很久沒用的樣子」傳來這樣的對話。

拍賣網一詞聽得懂，但，吸墨器是什麼？應該是鋼筆的零件吧，好似在聽另一個世界的話語。仔細聆聽了一會兒的她們這才明白，吸墨器是用來把墨水瓶裡的墨水注入鋼筆的工具。

老闆正在使用類似玻璃吸管的工具，應該是用水清洗吧。

「不好意思，池谷先生，這枝筆可以先留在我這裡嗎？」

預約時間已過了十分鐘，就在砂羽她們開始不安時，始終沉默的老闆終於出聲。

「當然沒問題。我才不好意思，沒預約就跑來。」

被稱為池谷先生的男子從椅子上起身，向砂羽她們說了句：「先走了。」颯爽離去。

老闆總算看向砂羽和美海。

花白頭髮，眼珠又大又黑。

雖然一頭華髮，卻不是老爺爺模樣，比想像中年輕多了。身上穿的灰色工作服沾著接觸古董家具、生活用品留下的手垢，就像聚積角落的塵埃，呈現自然陳舊的模樣。

「真的好像妖精住的地方喔……」美海喃喃自語。老闆給砂羽的印象則是長得很像在貓頭鷹咖啡館看到的白臉角鴞。

「啊，敝姓山口，我們兩人有預約。」

老闆聽到美海這麼說，隨即頷首。

「這邊請，請坐。」

示意她們坐在池谷先生落坐的地方，還事先準備好兩張椅子。

「請把帶來的鋼筆放在這裡。」

老闆拿出一張皮革筆盤。

「咦？」兩人面面相覷。沒有任何說明嗎？

「啊，那個，其實我們是……」

美海從包包取出筆袋，拉開拉鍊，把裡面的東西倒在筆盤上，一個用力過猛，一枝鋼筆從筆盤掉了出來。老闆拾起鋼筆，愛憐似的輕撫。

「Kakuno不貴，卻是非常優秀的筆呢。妳看，握的地方設計成三角形是為了讓任何人都能以同樣的角度使用，這是教導初次使用鋼筆的孩子如何正確握筆而設計的商品。」

美海「哇」的一聲驚呼。

「這是小孩子用的鋼筆嗎？」

「當然也有大人愛用者……這枝筆出了什麼問題？」

「寫起來不順，墨水有時出不來……」

「請在這張試筆紙上寫妳的名字。」

美海依老闆的指示，用鋼筆在紙上試寫。

「了解，請把筆給我……」

老闆接過美海手中的鋼筆，用黑色正方形布之類的東西裹住鋼筆的筆尖，輕輕一拔。筆尖是由一片筆形金屬片與黑色塑膠製品構成。

在神戶筆展時，老闆是把金屬片放在機器上磨，今天則是把黑色製品置於手邊，再從一旁的小盒子取出銀色小刮刀插入刻在製品上的溝槽，小心翼翼地處理。

究竟在做什麼呢？砂羽猜不透。

不久，老闆讓拆解的鋼筆回復原樣，說句：「好了。」把筆置於筆盤。

「哇！變得好好寫喔。怎麼弄的呢？」

「只是稍微調整一下，讓墨水比較容易出來，因為妳的筆壓偏弱。」

美海探身問道：

「那個……帶著愛用的鋼筆來你這裡，就能幫忙改變人生，是吧？」

老闆一臉困惑地笑著。

「這要看客人自己吧。我只是覺得讓筆變得好寫、維修好舊筆，看待事物的想法就會改變，人生觀自然也會改變……」

這家店的網站似乎是出自從事網頁設計的常客之手。

「那位客人因為很難的考試順利過關，所以免費設計網站當作謝禮。設計方面全權委託他，沒想到放了那樣的文案……有點誇大就是了，還是別太期待……」

別說有點了，根本是相當失望。

只要來到這裡，人生就能有所改變。果然不能輕信這種好聽話。

美海卻不氣餒。

「其實我們找工作不太順利……啊，倒也不是認為藉由鋼筆就能突然被錄取，只是我朋友偶然發現這間店，所以……」

老闆雙手交臂。

「剛才妳從筆袋中拿出鋼筆時，失手讓鋼筆掉了出來吧，就像把桶子裡的水倒出來那樣。這最好要避免喔，文具用品中就屬鋼筆最細緻，一旦摔到，本來調整得很好寫就全白費了；筆尖凹到、脫落都是變得難寫的原因。而且，首先外觀就不好看了。」

美海羞紅了臉。

「我不清楚企業的人資主管在意什麼……但如果妳是要來我店裡應徵工讀生的話，我可能會猶豫要不要用妳吧。」

美海確實有點粗枝大葉。

「從今天開始謹慎一點，用心待物，待人也是如此，或許就能改變周遭對妳的評價……那麼，另一位呢？」

老闆看向砂羽，只見她戰戰兢兢地伸手探入包包。

老闆看到放在桌上的盒子，臉色一變。

「帶來不得了的東西呢……」

老闆輕輕打開盒蓋，確認內容物。

「是嗎？這是別人送的入學禮，我也不太清楚就是了。」

「這枝筆啊，是 MONTBLANC[7] 的經典款 Meisterstück 146，可是名筆呢！市價超過七萬日圓。」

砂羽倒抽一口氣，美海驚呼：「哇，七萬日圓！」

老闆從身後的書架取出一本型錄，翻到介紹這枝筆的那一頁。

「筆尖刻著白朗峰的標高 4810，以及製造商的第一個字母 M。天冠……呢，就是

7 萬寶龍，創立於一九〇六年的德國精品鋼筆、手錶、配件製造公司。下文 Meisterstück 為大師、傑作之意，這系列筆款常譯為大師傑作系列。

筆蓋的頂點，這裡有個白星的品牌標誌是一大特徵。」

美海感興趣地看得入迷。

「好像文豪用的鋼筆喔。」

「確實有很多作家是愛用者呢。」

老闆起身，走進區隔出來的後場。過了一會兒，拿了個盒子回座。

「這是客人暫放在這裡的東西……」

這麼說的他拿起一枝比砂羽帶來的足足大一圈的鋼筆，置於筆盤。

「哇！好有份量感。」

「MONTBLANC 的 Meisterstück 系列有好幾款，這枝是 149，比妳的 146 大一圈。」

老闆讓砂羽握握看，果然對她來說，筆桿太粗太長，也比較重。

「還有兩用式的 145，以及尺寸小巧一點的 114……」

「呃，兩用式是什麼意思？不太懂。」

「鋼筆有筆身直接吸墨的吸墨式，以及插入墨水小管的卡式墨水。還有一種是可以插入卡式墨水使用，也可以用稱為『converter』的活塞吸墨器，搭配瓶裝墨水使用的兩用式。149 和 146 是吸墨式，妳朋友帶來的 Kakuno 是兩用式。」

話題又回到MONTBLANC。

「149和146是Meisterstück經典款中的經典。149有著鋼筆獨特的重量感，所以很受歡迎。若是重視整體均衡感的話，我比較推薦146。咦，沒用過嗎？」

老闆摘掉筆蓋，用放大鏡檢視筆尖後，一臉疑惑地看向砂羽。

「其實沒什麼機會用，就一直擱著。」

「149的尺寸比較大，不適合用來書寫記事本和筆記，不過146就很適合。既然妳是求職生，應該會寫些履歷表之類的文件吧。」

砂羽緊抿著唇。

不是沒機會用，是不想用。

「我只是覺得沒必要硬是使用鋼筆……用原子筆寫也可以，不是嗎？」

上大學後最令她驚訝的是，法學院的期中、期末考規定只能使用原子筆或鋼筆書寫。理由是，司法考試與公家機關處理公文時只能使用原子筆或鋼筆。砂羽即使知道，也沒想過要用這麼昂貴的鋼筆。

「話是這麼說沒錯……但我覺得，再也沒有比不被使用的工具更可憐的東西了……」

砂羽頓覺胸口刺痛。

——根本是在說我。

不受青睞的人才。

不被需要的人。

因為砂羽陷入沉默，氣氛頓時變得尷尬。

「咦，那是什麼機器啊？」

美海為了一掃尷尬氣氛，試圖轉移話題。

砂羽在神戶筆展看過這機器，那時是為了「希望縮小字幅」的男子而用。

「這是用來磨筆尖的機器，也是身為調整師的象徵物。因為是訂製品，所以不市售，可說是我獨一無二的夥伴。」

老闆繼續說明。

「粗磨用的砥石搭配超細緻的橡膠砥石，以及加工用的拋光輪，把筆尖抵在這裡磨，不但比用砂紙手工磨來得有效率，而且完成度更精緻。」

但畢竟是非常堅固的構造，攜帶不便是一大難題。

「所以目前正在研發材質更輕的二號機。其實除了重量之外，這台打磨機還有一個令人傷腦筋的地方……」

老闆握住把手，按下開關。

瞬間，震耳欲聾的聲音籠罩店裡。

美海「哇」了一聲，雙手掩耳。老闆微笑看著她，關掉機器。

「果然很吵啊。」

「有人在做這種東西嗎？」

「嗯。有人介紹某間企業，可以按照我畫的設計圖、要求的條件來打造這機器，經過好幾次研討後，總算做出來了。」

老闆說完後突然想起什麼似的，神情變得較為嚴肅。

「不好意思，我太多話了。關於妳的這枝鋼筆……」

老闆又看向砂羽，拉回話題。

「我想既然有這個機會，妳就用用看，如何？」

然後，拿出一本墨水的商品型錄。

「大學的入學禮，是吧？也就是說，已經買了超過三年。因為墨水已經舊了，建議買一瓶新墨水比較好。」

老闆用手指輕敲和鋼筆裝在一起的墨水瓶。

「雖然比較推薦原廠的墨水，但其他牌子的墨水也有適合的……只要挑選自己喜歡的顏色就行了。」

「那個……這麼做就能讓我的人生、我的求職變順利嗎？」

老闆凝視砂羽一會兒後偏著頭，說道：

「我剛才說了，這要看妳自己。話說回來，妳真的想踏入職場嗎？」

「當然啊。」

「嗯……」

不知為何，老闆露出不以為然的表情。

「就我看來，妳好像還不想長大。」

砂羽把裝著鋼筆的盒子塞進肩背包，前往目的地。

一間位於河畔工廠街的小公司，因為主要客戶是企業，不是一般消費者，所以公司名字很陌生。員工約七十人，是砂羽面試過規模最小的公司。

前幾天，最害怕的事終於發生了。

「我被錄取了！總算不用再找工作了。」美海來聯絡時說。

美海開心地說自己應徵上知名連鎖家電量販店。

「去了那間詭異的鋼筆店之後，馬上就收到錄取通知。砂羽，妳要不要按照妖精先生說的，用用看那枝鋼筆呢？」喜不自勝的她還這麼說。

明明一起去了那間店，還沒收到錄取通知的砂羽，打從心底厭惡大剌剌地傳來這封電子郵件的美海。

什麼「妖精先生」嘛，確實年輕時應該是美少年，但他現在是大叔，又很毒舌，光是想起他就心煩意亂。

「就我看來，妳好像還不想長大。」

腦中浮現老闆那句話，砂羽馬上否認。

才沒這回事。

自己從來沒想著一直過學生生活，只是想確定有個和年紀相符的安身之所。無奈每次敲開通往大人世界入口的大門後，總是得到「這裡不是小孩子該來的地方」的拒絕。

知名企業的徵才活動已經結束，剩下的都是些名不見經傳的公司。

穿著這身不合時節的黑色套裝走在街上，感覺只有自己被拋棄，前途茫茫的不安感襲身。

今天說明會結束後有簡單的筆試，所以砂羽帶著鋼筆。那天，老闆當場把她挑選的墨水注入筆管，還配合砂羽握筆的方式調整了筆尖。

雖然對砂羽來說，這枝鋼筆過於貴重，但實際用過後，確實讓人萌生提高了一個層級的感覺。當然，不至於產生一百八十度轉變，但若是做了與一直以來不同的嘗試，或許能夠突破困境。

只能求神保佑了。

砂羽憑藉地圖找到目的地，瞧見一棟標記「並木工業股份有限公司」的倉庫，旁邊是兩層樓的辦公室。

站在外頭的砂羽向內窺看，約莫十名女職員忙著接電話。就在她尋思該何時出聲時，坐在最裡面的男子察覺到她。

男子走過來開門，問道：「請問妳是哪位？」

「我是就讀關西綜合大學的野並砂羽，來參加今天的說明會。」

她邊說邊觀察男子。

曬成小麥色肌膚，頭髮蓬鬆的男子看起來約莫五十歲，身穿繡著公司名稱的淺綠色上衣，沒繫領帶，穿的是工作用防護鞋。

「哦，說明會。」

很有磁性的低沉嗓音。

「糟了！人事主管今天不在公司……等等喔，馬上準備。」

只見男子慌忙奔上二樓，過了一會兒才回來，隨即開開關關櫃子，似乎在找什麼。

「怎麼了？」

剛好講完電話的女職員看向砂羽，又看向男子。

「明明約了別人過來卻忘了，真是的……」

忘了——

這般事實讓砂羽的心情霎時低落。

「妳也一起過來。」

男子拿著公司簡介與似乎是試卷的紙張，走在前方。砂羽瞅著發出喀咚喀咚聲音的防護鞋，跟在後頭上樓。

此時，身後傳來聲音。

「社長，岩本商店來電。」

男子回頭，用低沉嗓音回道：

「說我等一下回撥。」

——咦，社長？

社長自己開說明會？緊張感瞬間激增。

參加說明會的只有砂羽一個人。社長背對白板，開始說明「並木工業股份有限公司」的社史。

「祖父白手起家的小工廠對小時候的我來說，就是最好的遊戲場。我可以隨意拿起工具，裁切樹枝和保麗龍，每次都惹毛我媽……」

看到砂羽不由得笑出來，社長微笑著說：

「其實我是三兄弟的老么。祖父可能是看我喜歡玩機器、動手做東西吧，我大學畢業後曾待過其他公司，但不久就被叫回來，祖父對我說：『公司就交給你了。』」

添綴社長的成長過程與人生經歷的社史，比之前聽過的企業介紹都來得沁入砂羽的心。

——好想跟著這樣的人工作。

腦中不由得想像自己跟在親切爽朗的社長身邊，和那些女職員一起工作的模樣。

社長說完後，開始筆試。

砂羽掏出鋼筆，發出「哦……」的聲音。

筆試只是考漢字與讀寫關西一帶的地名，約十分鐘就寫完了。

「要妳再跑幾趟不太好，今天就由我直接面試吧。」

社長只瞄了一眼試卷，便開始提問。問過應徵動機等基本問題後，說了句：「真難得啊，年紀輕輕就用鋼筆。」

「這是父母送我的入學禮。」

「高中就讀明女？哦，貴族學校呢。」

一時怔住的砂羽不太禮貌地瞅了一眼社長。

因為明城女子大學附屬高中是中學、高中一貫制私立女子學校，在縣內確實以「明女」聞名，但不是那種全國知名的學校，莫非這裡也有明女畢業的員工？

然而謎底隨即揭曉。

「其實，我當初大學畢業後進去的那間公司，有不少明女畢業的同事。那時，這些女同事可是員工們的老婆候選人。看來……家裡可是視妳為掌上明珠呢。」

砂羽沉默片刻後緩緩回道：「是應家母要求，勉為其難就讀的。」

「那麼……有被其他公司錄取嗎？」

砂羽頓覺眼前一片昏暗。

「沒……沒有。」

「是喔。」

社長詫異地雙眼圓睜。

慘了。

直到這時都沒收到任何錄用通知，還在找工作的自己……

「那得趕快回覆妳才行。」

意想不到的開展讓砂羽緊張得嚥口水。

「很抱歉，無法錄取妳。」

有別於溫柔的神情，社長的口氣頗為乾脆。

「為什麼？」拚命忍住湧上喉頭的這句話，眼角熱熱的，告訴自己不能哭。社長看著怔怔坐著的砂羽，神情和緩地說：

「也許這麼說有點多管閒事……我覺得妳應該想想自己喜歡什麼、想做什麼，這樣比較好。」

喜歡的東西。

想做的事。

儘管經常聽到這兩句話，但砂羽想到的都是些無謂之事。

愛看小說，藉以逃避現實，無奈這樣的興趣無法和工作結合。

「其實不必想得太困難啦。」

或許察覺到砂羽神情緊繃吧，社長趕緊出聲安慰。

「想想自己小時候喜歡什麼、擅長什麼，也許能從中得到靈感……」

這時，桌上的電話響起。話筒那端傳來：「社長，客人到了。」社長應了一聲「知道了」，掛斷電話。

臨走時，拍了一下砂羽的肩頭。

他的一句「加油」，促使砂羽用力咬唇。

——也是啦，人生怎麼可能突然改變……

究竟該往何處去？要換搭電車嗎？

一回神，砂羽發現自己來到那條窄巷。

夾在老舊公寓與民宅之間，宛如硬是鑲嵌上去的歐洲風景，只有這處空間看起來十分扭曲。

砂羽登上磨損的石階，推開門。

老闆正坐在窗邊寫東西。

「歡迎光臨。」

眉毛動也沒動地看著砂羽。

這個人很冷漠。

起碼問句「怎麼了？」也好啊，難不成幫忙改變人生一事是唬人的？

面對如此冷淡的招呼，砂羽努力擠出聲音似的說：

「我到底是哪裡不好？為什麼沒有一間企業肯用我……」

隱忍許久的淚水滑落，砂羽跪倒在地。

坐在隔壁的女人打開餐盒，一股食物香味飄至砂羽的鼻尖。

砂羽起身，走向新幹線車廂外的走道。

車窗外是一片遼闊田地。

「要不要回趟老家呢？順便轉換心情。」

為何這麼建議呢？

砂羽盯著老闆的嘴唇，等待下一句話。

「難道妳不想知道他們為什麼送妳鋼筆？」

這種事不用問也知道。

還不是虛榮心作祟。

若非如此，怎麼會送高中剛畢業的女兒，如此昂貴卻一點也不可愛的鋼筆。

爸爸就不用說了。媽媽很好面子，讓女兒就讀自己想去卻去不了的貴族女校，滿足自己的虛榮心，又愛炫耀，實在很丟臉。

暌違許久的車站附近街景顯得十分老舊。

無趣至極，什麼都沒有的城鎮。

離老家愈近，窒悶痛苦就愈勝於思鄉之情，腳步也變得愈沉重。砂羽想起高中時就是憑著「想離開這裡」的意念而活。

砂羽的老家位於一整排造型相似建築物的一隅。剛竣工時的白牆如今已變得灰撲髒污，車庫成了停放腳踏車和雜物的倉庫。要說有什麼不一樣之處，就是擺了不少盆栽。

砂羽掏出備份鑰匙開門，竟然有隻貓咪來迎接，一隻雪白漂亮的貓。牠抬頭盯著砂羽一會兒，「喵」叫一聲後，在她的腳邊打轉。

脫鞋，走向位於二樓的房間，貓也跟著上樓。

房裡除了三個沒看過的塑膠收納箱之外，幾乎和離家時一模一樣。似乎不太常清掃，覆著薄薄一層灰塵。

突然響起門鈴聲。

砂羽本想忽略，但因為傳來「砂～羽～」的呼喊聲，促使她趕緊下樓。開門一瞧，原來是住在隔壁的小學同學。

「小繪！怎麼知道我回來了？」

「我剛看到妳進家門……不方便嗎？」

「不會。好久不見，妳好嗎？」

許久未見的兩人說著「妳都沒變呢！」、「嗯，妳也是。」地寒暄。

即便再怎麼熟識，也不好意思讓對方去滿是塵埃的房間，於是走進客廳。因為從小就常去彼此的家，所以小繪毫不客氣地躺在沙發上，拿起遙控器開電視。

「啊，我懂，我懂。」

當砂羽從冰箱拿出茶飲時，聽到小繪對著電視這麼說。

正在播放的節目，是一群明明是高學歷卻沒有工作的二十幾歲男女參與的座談會。

砂羽端茶走進客廳時，畫面切換成坐在臺階式座位上的評論家們發言。

「怎麼了？」砂羽問。

躺在沙發上的小繪回道：

「其中一個人說：『我又沒拜託他們生下我。』」

「是喔。」

要是爸媽聽到了，肯定很生氣吧。砂羽面對母親也有這樣的心情。

應該說，沒拜託他們讓我受教育。那時明明不想考私中，還哭著央求：「我想和小繪上同一所國中。」要是那時態度再強硬些，也許就不會落至今天的悽慘境遇了吧。

「說什麼不孝啊、會遭天譴之類的，真是有夠囉唆！我都當耳邊風。」

「就是呀。」兩人開始抱怨父母。

「啊，對了，小繪已經在工作了嗎？」

倒不是對這種事感興趣，只是好久不見，沒問問近況也挺奇怪。

「我高中畢業後就去紡織工廠上班，最近辭職，現在在附近的牙醫診所打工。」

「是喔。」

「砂羽呢？」

「我？我還沒找到工作……」

「妳有上大學，應該找得到，不是嗎？」

「是有找啦，只是不曉得自己想做什麼……」

「咦，砂羽沒有想做的事？可是妳都上大學了，應該很喜歡讀書吧？」

小繪一臉困惑。

「我媽很欣賞妳呢！說砂羽和我不一樣，一定會從事很體面的工作。和妳比起來，我真的很沒用。」

「才沒這回事呢！其實我對法律沒興趣，也沒想過要和我爸一樣當律師……」

「是喔，這樣還讓妳上大學啊，要是在我們家根本不可能。」

被戳到痛處的砂羽頓覺面紅耳赤。

「對了，砂羽其實很天然呆呢！幼稚園時偷偷跑出教室，老師嚇得趕緊四處找妳，結果發現妳在附近公園觀察麻雀，還對著花說話。」

「有這種事嗎？」

完全不記得。

「玩遊戲和運動會時也是，妳的動作一定和大家不一樣；用現在的說法，應該是ＫＹ[8]吧。不曉得是不是因為這樣，小學時妳被某個高年級生盯上，曾跟我說：『小繪，我好怕，一起回家啦。』要我陪妳一起回家呢！我想妳之所以考私中，是因為不想遇到那個人吧。」

「有這種事啊……」

「不會吧，妳忘了嗎？那時還引起不小的騷動。」

砂羽實在想不起來，小繪又說：

「那時妳媽很擔心呢。我想她一定會要妳去妳爸的律師事務所工作，就聽她的話

8 「空気読めない」（Kuuki Yomenai）的簡稱，指不懂看氣氛，不會察顏觀色的意思。

吧，如何？」

「絕對不要。」

「妳不是還沒找到工作嗎？如果沒什麼想做的事，乾脆去妳爸的律師事務所吧。」

儘管懊惱不已，砂羽卻無力反駁。

不曉得跑去哪兒的貓咪發出可愛的喵喵聲，走進客廳。

「小白！」小繪一喚，貓就豎起尾巴，用身體磨蹭她的腳。

「牠跟妳很親近呢。」

「原本是住在我家庭院的野貓。妳媽起初沒打算養貓，後來看久了有感情吧。她還跟我說，看到牠就想起小時候的妳呢。」

很像媽媽會說的話。

孩子就像寵物。但，砂羽不是寵物，不再是那個害怕高年級生的小學生，也不是一個什麼也不會的小鬼頭。

「妳媽可能很寂寞吧。」

「我又不是為了讓媽媽安心才活著」，這麼想的砂羽只回了句：「是喔。」

小繪離開後不久，母親就回來了。

「哎呀！」她蹙眉看著砂羽，「要回來也先打電話說一聲啊。」這麼說。

幾年沒見，母親的白髮又變多了。

這是理所當然的事，就像砂羽已經不同於三年前的她，母親又老了三歲。

「晚餐呢？我只準備一人份，妳要留下來的話，我現在弄。」

父親果然沒回家吃晚餐。砂羽離家後，母親一直都是獨自用餐吧。

「隨便弄道菜就行了。」

「不麻煩啦！妳要是先說一聲，我就可以準備……」

母親把買來的熟食盛盤，從冰箱取出那鍋早餐時做的味噌湯加熱，再弄個玉子燒，拌個羊栖菜就好了。非常簡樸的一餐。

相較於砂羽讀高中時，餐桌上總是漢堡肉、可樂餅、拌了美乃滋和番茄醬的義大利麵、沙拉，還有湯，現在的餐桌光景顯得寂寥。

「妳是不是都吃泡麵啊？臉上冒出不少青春痘。」

因為求職壓力大，不但體重直線上升，臉上還頻冒痘痘。

「媽……」

「什麼？」

「我應該不會去爸那裡工作。」

母親一臉詫異地瞇起眼。

「妳爸那邊現在也沒辦法雇用妳，難不成妳想去？」

母親的回應根本和小繪說的完全不一樣，應該是小繪的直覺有誤吧。

「沒有啦！總之，我會自己找工作。」

「求職活動是從夏天開始嗎？」

其實早就開始了，但砂羽懶得說明。況且要是說「只有我還沒拿到錄取通知」，勢必引起騷動，所以決定不解釋。

「妳爸說，像是人資、法務之類會用到法律知識的工作也不錯……還是考公職呢？」

砂羽默默搖頭。

準備考公職的學生多是白天上大學，晚上就讀專門學校，必須相當努力，還得花不少錢。砂羽並不想當公務員，也沒和母親商量這種事，所以一開始就沒考慮這個選項。

「人家說你們送我的鋼筆很名貴，為什麼要送那麼貴的東西給我？」

砂羽不想再繼續講工作的事，趕緊端出別的話題。

「爸爸想說買枝貴一點的鋼筆送妳，參加司法考試時就能派上用場了。」

砂羽突然感到窒悶。

原來有這樣的期待啊——

「而且不是有法律系禁止考試時使用自動鉛筆作答嗎？要是用自動鉛筆作答就不算分……妳爸上大學時，好像連課堂筆記都是用鋼筆，他說用原子筆寫長文很累。」

「現在的學生都是用原子筆啦！根本沒看過有人用鋼筆。」

砂羽漸漸明白為什麼一直不想用父母送她的鋼筆。

她承受不了那枝鋼筆。

因為包藏在裡頭的情感太沉重。

彷彿感受得到父母對她的殷切期盼，所以連碰都不想碰。

「難不成都沒拿來用？妳不是很喜歡嗎？」

面對母親這番話，「什麼意思？」砂羽不解地反問。

「不記得了？妳小時候還偷用爸爸最寶貝的鋼筆呢……用那麼名貴的筆在廣告單背面畫漫畫，結果筆被拿走時，還吵著要我們買給妳。」

「啊……」

家裡有個房間是父親的書房，桌上放著好幾枝鋼筆；雖然總被告誡「不能進去喔」，砂羽還是忍不住偷溜進去，拿起一枝放在筆盤上的鋼筆悄悄試寫，沒想到筆下的線條如此漂亮，覺得很有趣的她忘情塗鴉。

為何沒有一下子就想起來呢？

現在想想，那枝又黑又重的鋼筆很像老闆拿給她看的MONTBLANC Meisterstück 146。那枝筆已經用了很久，搞不好現在沒在用吧。

從那時起就沒再看過那枝鋼筆。父親怕砂羽又拿去亂畫，所以藏起來了吧。

「妳爸嘴上抱怨，其實很開心，還說什麼『小小年紀就知道鋼筆的好，真是不得了啊，看來有遺傳到我喔。』砂羽說想念法律系時，他也很高興。」

母親忽然嘆氣。

「媽媽我啊，只希望妳和其他人一樣，不一定非得當律師。像小繪那樣，休假時可以陪我逛街買東西，一起吃頓飯……」

這麼說的母親扒了幾口飯。

只會想到自己。

我也是啊，只希望有個遇到困難時，凡事能商量，寬容又溫柔的母親。

砂羽之所以選擇就讀現在這所大學，就是因為不想繼續待在家裡。倘若和家人關係好一點的話，就能有多一些選擇了。

自己之所以被逼到現在這般境地，就是因為父親沒有察覺到母女之間的摩擦，以及靠著支配孩子來排解不滿的母親。

無論是迎合父親的期待，從事與法律相關的工作，還是從現在開始修復母女關係，砂羽都覺得是不可能的事。即便如此，難道選擇忍耐就是成熟大人的表現嗎？

「就我看來，妳好像還不想長大。」

什麼才叫長大呢？砂羽還不明白。

只是，不想回到這裡。

只有這一點，很明確地刻在心裡。

那天，砂羽被美海強拉著登上小山坡。

「妳看，就是那裡！」

石造洋房門前立著一塊白色看板，上頭貼了一張紙。

協助銷售與處理簡單雜務。

歡迎週末假日可上班人士，工讀生可。

【急徵工作人員】

「要不要轉換一下心情？砂羽一直沉著臉，擔心妳是不是出了什麼事……」

美海像在解釋什麼似的一再重複這幾句話。

「說明會多是辦在平日，只要配合好時間就能兩邊兼顧吧？況且我們學校的法律系不用寫畢業論文……」

砂羽垂著眼，注視腳邊時，美海的聲音驟變。

「對不起，心裡很不舒服吧？我真是有夠蠢！真是的……」

「不會啦，沒事。」

確實多管閒事，但美海的關心讓砂羽很高興。

——我還沒找到適合自己的鋼筆。

不是爸媽送的萬寶龍，我想挑選自己喜歡的。

適合砂羽的鋼筆究竟是什麼模樣、什麼顏色呢？想花點時間在這裡尋覓。

「這裡的妖精先生覺得我很孩子氣，果然讓我心裡有疙瘩。」

「是喔，那就不要勉強自己。」

「我沒勉強自己。」

砂羽登上台階，輕輕推開門，探看店內。

可能是休息時間吧。妖精先生，不，老闆正在啜飲咖啡。察覺到砂羽的他露出「哦」的表情後，露出溫柔笑容。

那笑容讓砂羽鼓起勇氣，走進店裡。

「那個，我看到貼在門口的那張紙……」

第二話

幸福的鋼筆

Medico Penna

六月

星期五早上八點。

離截稿時間僅剩幾小時，橋口博子任職的《日本SPORTS》大阪總社編輯部籠罩在屏息以待的緊張氛圍中。

各家報導體育相關新聞的報社為了每週末舉辦的中央賽馬，無不花上一週時間採訪，除了平日的篇幅外，週五、週末還會增加預測用的夾報，一起販售。

今天就是那個惡夢之日。

負責排版的組員們無不一邊盯著連上主機的大螢幕，一邊下指令。

編輯部的牆上依序貼著從頭版到娛樂版的版式，博子站在負責的版面前。

她拿著紅筆，一旁還有兩個小置物盒，其中一個堆著打字員弄好的樣張、排版完成的標題與表格等素材。博子迅速確認後，放進「校對完成」的盒子裡。之後會有人統整，再分配給打字員們，立即進行修改。

隨著時間分秒流逝，周遭愈發喧鬧，氣氛也更為肅殺。

博子輕撫隱隱作痛的胃。

突然有人粗魯地推開編輯部的門。

整個樓層頓時陷入渾身起雞皮疙瘩似的緊張狀態。

「取消出賽！抽換報導！」

霎時紙片飛舞，怒吼聲有如海嘯襲來。

「什麼?! 現在？」

校對組組長瞅了一眼高聲慘叫的博子，促使她的胃痙攣。

取消出賽的正是博子負責的版面，而且是所有記者篤定拔頭籌，最具冠軍相的馬。

「慘了……」

因為少了一匹馬出賽，版面勢必得變更。記者不但要重新預測、押寶，還得重新撰寫報導。

排版人員也得更換顯示在電腦螢幕上的標題、表格以及所有素材和新資訊。必須在極短時間內，完美剔除取消賽事的那匹馬的所有報導。

「橋口，還沒好嗎？」

阻礙專注力的吼聲刺向博子的背部。

胃刺痛，額頭頻冒汗珠。

眼睛不斷追逐文字，內容卻未進入腦中。
快啊！
部長，印刷部打來問到底好了沒。
不得了，騎師○○被逮捕了！
什麼?! 不會吧！今天到底是怎麼回事？
明天的賽事不就會取消嗎？
電話再次響起。
喂，輪轉機壞了啦，起碼要花一天修理。
啊，那怎麼辦？
改用油印啊。
蠢死了。走了，回家了。
要去喝一杯的人，來這邊集合。
等等，等一下，我也要去。
啊，橋口，我們要去喝一杯，妳負責善後……

拂去脖子一帶的汗水，連頭髮也濕了。
因為惡夢而驚醒，心情自然好不到哪兒去。
雖然夢境莫名真實，卻是不可能的開展。突然察覺是夢，拚命告訴自己：「這是夢，這是夢！」看來博子在夢中也很焦慮。
時鐘指著下午一點多。
鑽進被窩才不過兩個鐘頭。
已經醒了，再也睡不著。反正明天休假，不會有睡眠不足的困擾，但這下子生活步調打亂，上班日的早上勢必很痛苦。
決定不再繼續睡的博子拿起放在枕邊的手機，點開名為 KAKOYOMO 的網站，確認是否有新回應。
KAKOYOMO 是知名出版社犀星堂開設的小說投稿網站。博子以作者身分登錄，用「真廣汀」這個筆名發表小說，已經投稿兩篇作品，第二篇還上了愛情類別排行榜前幾名。雖說如此，瀏覽次數也只有五千而已，根本不算什麼。
——不過，比起最初投稿的作品……
最初投稿的作品是向 SF[9] 界名家四方純致敬的創作，無奈點閱率始終沒突破，不但讀者回應寥寥無幾，內容也寫得頗敷衍。

於是，她試著在小說裡加入現今流行的在地美食巡禮元素，描述嗜吃甜點的男子和住在隔壁的高中女生一起走訪咖啡廳，外帶甜點在家裡共享的故事。

背景舞臺是博子幼時住過的神戶。

阪神─淡路大地震後，博子和家人遷居大阪，從此很少回神戶，所以是憑兒時記憶來書寫。

雖然歸類為「愛情」小說，但兩人並未談情說愛，只是一起吃美食，分享感想與評論而已。

雖然讀者的評價多屬肯定，但也有「沒起什麼天雷勾動地火的化學作用，可以安心閱讀」這種不知是褒還是貶的感想，當然也少不了像是「不懂到底在表達什麼」、「真是浪費時間」之類的辛辣評論，但總比沒有任何回應來得好。

──下次要寫什麼題材呢……

再用類似的概念雖然也行，但光寫一部作品素材就用盡了。博子為了搜尋新素材，不斷輸入關鍵字。

要更貼近戀愛小說嗎？還是不光寫甜點，加入聖地巡禮之類的觀光元素呢？

既然如此，就得書寫現今的神戶風貌。

博子聽說，大地震後，幼時常去的元町商店街、三宮中心街的老店接連不斷地結束營業，取而代之的是手機店、藥妝店、速食店。神戶的街景急遽變化，博子的父母也感嘆神戶變得和其他城市沒兩樣。

有別於主要幹道，一直未受注目的後街，像是TOR WEST、海岸大街、榮町大街一帶的咖啡廳、生活雜貨店、家具店反而如雨後春筍般興起，吸引不少年輕客駐足——

博子試著上網搜尋。

神戶、咖啡、甜點、異人館……

就這樣滑了半小時手機後，突然被某個網站吸引。

只要帶著正在用的鋼筆過來，就能協助你改變人生。

名為「Medico Penna」的鋼筆專賣店網站。

9 科幻（science fiction）的簡稱。

可愛的紫色百葉窗，石造洋房吸引著博子的目光。

從北野坡途經山手幹線，登上獵人坡，一看到天主教神戶中央教堂，就表示來到珍珠街。之所以稱為珍珠街，是因為這一帶有好幾間經營揀選、加工珍珠的公司行號。

現在要前往的店有著即使位於異人館街也不突兀的外觀，博子覺得很不可思議。洋房大多位於靠海一側的舊居留地，或是北野町的異人館街，且多是蓋在廣闊腹地上，也就是所謂的豪宅。

TOR ROAD與車站一帶最顯眼的莫過於有著華麗綴飾的外牆、成排拱形窗，曾作為貿易公司的辦公室、小工廠的建築物。建築物裡有從挑高天花板垂掛下來的燈飾、彩繪玻璃、磨損的石階、攀附牆面的管線、木製窗框以及銅製門環等，充滿思古幽情的內部裝潢。

另一方面，或許因為珍珠街上有清真寺吧，這裡散布著販售回教徒常吃的辛香料與雜貨的店，清真食品、民族風特色餐廳等成為一大特色。

博子的包包裡有枝工作用的紅筆。

同僚們之所以多使用油性原子筆，是因為水性容易暈開，要是不小心滴到什麼，字跡就會糊掉。博子起初也跟大家一樣，但因為手部罹患腱鞘炎，於是改用不刻意施力也能輕鬆書寫的鋼筆。

——倒也不是真的相信那種說法。

只要帶鋼筆去，人生就能有所改變。從沒想過如此虛幻的事，但作為小說素材確實頗吸引人。

——記得是在這一帶……

走過地圖上標示的餐廳門口，有條僅容一輛車通行的窄巷朝山區延伸。

博子狐疑地往前走時，傳來一陣嘈雜聲響，那間店突然躍入眼簾。

不是那種刻意蓋成洋房風格的住宅，而是別具年代感的建築。門面不大，像是娃娃屋的洋房吧。

周遭是成排的兩層樓公寓與待售成屋。這棟建築物究竟是因為什麼理由座落於這裡？還真是匪夷所思。

博子避開歪斜前傾的植物，登上磨損的石階，推開店門。

連外頭也聽得到的嘈雜聲響突然更大聲了，讓人一時錯覺這裡是工廠，但窗戶掛著金線刺繡的窗簾，店內陳設宛如古董店。

陳舊的架子與桌上排放著一疊疊折得很漂亮的白紙，一旁擺著插有古老品種玫瑰的玻璃花瓶，以及銀製燭台。當博子的雙眼習慣昏暗後，才發現成疊的白紙是便箋、信封、卡片與筆記本等。

靠窗有一張大書桌，身形精實的男人坐在椅子上正在寫什麼，桌子的另一側，有位一頭白髮的男子，應該是老闆吧，背對著博子正在用靠牆設置的機器削東西。

發出噪音的，就是那台機器吧。

定睛一瞧，白髮男右手握住鋼筆前端，另一隻手支撐著筆桿末端，將筆尖置於機器上。不，仔細看，他是把金屬器具插入筆蓋，夾著筆尖。博子察覺那是用來焊接的，不同於一般的鑷子，手一放開就會夾住。

老闆關掉機器，用銀色小工具抵著眼，查看筆尖。

桌上除了放著砂紙、放大鏡之外，還有拆解下來的各種鋼筆零件置於紙上。

「需要幫忙嗎？」

店員趁店裡安靜下來時出聲招呼，是位保有學生氣質的年輕女孩。工讀生嗎？質樸模樣舒緩了博子的緊張感。
「我帶了鋼筆過來……」
「啊，要調整是吧？」
博子想起網站上看到的「只收取鋼筆的調整費，就能諮商」，調整是指什麼呢？
「您初次來本店吧？容我代老闆為您說明。」
年輕女孩口齒伶俐。
看在口拙的博子眼裡，遠比自己年輕的女孩面對初次見面的人，一派落落大方的模樣真耀眼。
「每個人都有自己的用筆習慣。」
像是筆壓的強弱。
有人握筆時筆身挺直，也有人握筆時筆身後仰；有人握筆時筆身右傾，也有人恰恰相反。
「一般的鋼筆是以基本握法為基準來製作，不見得適合每個人。」
因此，必須配合個人習慣，調整墨水流量，以及研磨筆尖那片含有「銥」這種硬金屬的東西，這就是所謂的調整。

「鋼筆是愈用愈能配合自己的習慣，變得更好寫的東西。只要稍微調整一下，就能體會到從購入那天開始，可以用上十年的美好體驗。」

要是在店裡選購鋼筆，老闆會依客人的筆壓與用筆習慣，把鋼筆調整到最佳狀態。

「不過……」

女孩蹙眉。

「今天的預約已經滿了，不好意思。」

「果然得先預約啊……是我自己沒注意。」

「平日不需要，週末假日的預約客人比較多。」

這麼說的女孩看向靠窗的書桌。

姿勢和方才一樣的老闆用放大鏡檢視鋼筆的筆尖。

看不出散發著不可思議氣質的老闆究竟多大年紀，雖然看起來年輕，但光線角度的關係，又感覺應該超過四十。

「那裡……是在進行調整嗎？」

「是的。除了讓鋼筆變得好寫之外，像是墨水出不來、年代比較久遠的二手鋼筆、缺零件或是零件不合、筆尖歪掉等都能調整、維修。那一台發出刺耳聲響的機器是用來研磨筆尖的磨床……」

這時，老闆叫喚年輕女孩。

「砂羽，麻煩準備咖啡。」

原來她名叫砂羽。

「是，馬上準備。啊，如果方便的話，您要不要也來一杯呢？」

女孩遞出的菜單上寫著咖啡的種類與價格，根本與喫茶店無異。

「那我要一杯冰歐蕾，奶多一點……」

可能是胃不舒服吧，最近不想喝沒加很多牛奶的咖啡。

「好的，請稍等。」

博子趁咖啡端來之前，觀察老闆的工作情形。

因為店不大，聽得到老闆與客人的交談。

客人告知鋼筆哪裡出問題，老闆喬弄一會兒後遞向客人，請對方試寫。

客人似乎還是不太滿意，兩人就這樣一來一往好幾次。

「先生說的情形真的很難……」

「這可是很重要的工作用具。採訪現場不見得有桌椅，有時得手拿著記事本，迅速把聽到的內容寫下來。不過啊，現在很少看到用鋼筆記事的記者就是了。」

這位客人似乎是記者，但博子對那張臉沒什麼印象，應該是其他報社的記者吧。

「聽說有年輕記者連鋼筆都沒見過、沒碰過呢。」

從聲音和口氣研判，老闆應該比博子年長。

抹布似的蓬鬆白髮，卻有著少年般的童顏，身穿灰襯衫搭配同色系長褲，那般灰白色模樣總覺得神似什麼。

腦子裡忽然浮現一隻鳥的身影。

啊，貓頭鷹……

老闆很像被稱為「森林賢者」、別具知性感的貓頭鷹。

「請用。」

一杯冰歐蕾擺在博子面前，玻璃杯面浮著小小水滴。

「我想買鋼筆，可以推薦嗎？」

博子想，既然來了，想多了解各式筆款。

「有偏好的款式嗎？」

「我想買枝比我現在用的更正統一點的鋼筆。」

博子現在工作用的是Preppy[10]，是搭配卡式墨水的筆款。

「這樣的話，選用吸墨式的比較好。」

所謂吸墨式，就是直接將墨水注入筆桿。

常見的筆尖材質有不鏽鋼製和K金製，K金又分為十四K金、十八K金、二十一K金等，含金量愈高，書寫的手感愈有彈性，價格也愈高。博子這枝Preppy鋼筆的筆尖是不鏽鋼製。

「倒不是說價格偏高的K金製鋼筆就一定好，也有人喜歡不鏽鋼製書寫時的硬實感。」

「我沒用過其他鋼筆，所以問我有什麼偏好，還真的不太清楚。」

畢竟博子原本不是打算來買鋼筆的。

「那麼，先為您準備K金製鋼筆，讓您試試不同的手感。」

「對了，我想看筆身顏色亮麗一點的，不要黑色。」

10 PLATINUM（白金牌）入門款鋼筆。

「好的。」

博子的面前隨即放上了白紙與墨水瓶。

用的是印有店名，特別訂製的紙，以及深藍色墨水，鞋子造型的墨水瓶很可愛。

看來購買前可以試寫。

就在博子等候時，又有客人進店。

只見老闆一臉詫異地說：「好久不見啊，多和田先生。」

進來的人一身手繪風格花襯衫搭配牛仔褲的休閒風裝扮，藏在恣意生長的頭髮、鬍子裡的是溫柔眼神。瞧他與老闆的互動，八成是熟客。

「不好意思，今天預約的客人比較多……」

「今天來不是找你調整鋼筆。其實我要開個展了，忙著準備開展的事，所以好一陣子沒來這裡。」

多和田先生從包包掏出一疊明信片。

「方便在你這裡放個二十張左右嗎？」

「當然可以，沒問題。」

「啊，請多指教。」

多和田先生察覺博子在，遞上一張明信片。

混合多種顏色描繪的畫，彷彿閃耀光芒溢出似的，美麗的色彩十分迷人。

「顏色好漂亮。」

「謝謝，是用壓克力顏料上色的。」

「因為是有深度的黑，才能襯出其他漂亮的顏色。」

「黑色嗎？我心中沒有『黑』這顏料……看起來是黑色，其實是混合群青藍與焦赭色調出來的顏色。」

混合深藍與褐色，似乎能調出帶有光澤感的深色。

「謝謝妳稱讚顏色漂亮，不過，我倒是希望別人能注意到那線條是用鋼筆描繪的。」

「咦，用鋼筆？」

博子不由得湊近瞧著明信片。

「這……這像頭髮般細的線條是用鋼筆描繪的嗎？」

「是的。筆尖是特地請冬木先生研製的，可以描繪出非常細的線條。」

冬木。

應該是指老闆。

「描繪線條用的是顏料墨水，因為染料墨水受光容易褪色，又不防水。不過顏料墨水容易堵塞筆尖，保養也比較麻煩……起初沒有極細筆尖時，我是用 rOtring[11]。」

但，用 rOtring 畫出來的線條缺乏表情。

「後來得知有這間店，便來請教冬木先生。冬木先生說依研磨方式，可以調整出從〇．一三公釐超極細到六公釐極粗的字幅。我初次使用冬木先生為我研製的鋼筆時，還因為他實在太厲害，佩服得啞然失笑呢……我一直以來都認為如何用色是繪畫最重要的環節，後來才發現美麗的線條能讓人感受到質感與色彩。從此我活用留白，細細體會顏色種類，不抹煞線條的美。多虧鋼筆，我的表現幅度更大，感覺自己的畫功更上一層樓了。」

報社記者豎起耳朵似的，與老闆相對而坐的他回過頭。

「真是厲害啊！日本已經很少有人能做出那樣的筆尖了吧。畢竟做這行的人都上了年紀，也不多了……」記者先生這麼說。

此時傳來一聲「久等了」，博子回頭。

盛著冰歐蕾的杯子旁擺著放了兩枝鋼筆的筆盤。

「先說明左邊這枝。這是 PLATINUM[12] 3776 Century 系列鋼筆，顏色是象牙白。」

淡淡的象牙白筆身搭配金色飾面，是很美、很有質感的鋼筆。用色靈感來自法國盧瓦爾的 Chenonceau 城堡。

「右邊這枝是 Nice[13]系列，顏色是丁香紫，兩枝都是國產的 PLATINUM 鋼筆。」

一如其名的 Lilas[14]，是淡淡的、帶有透明感的粉色，因為筆身採凹凸線條設計，有著毛玻璃般的質感，風格洗鍊，是很適合成熟女性的筆款。

Chenonceau、Nice，PLATINUM 不少鋼筆款式名稱取自法國地名。

「這兩款都是一、兩萬日圓就能購得，算是K金製高級鋼筆中最便宜的款式，而且本來就是以不分性別都適用為設計考量。」

這番建議成了博子挑選鋼筆的指標。

---

11 紅環，德國專業繪圖工具製造商，一九二八年創立至今。

12 白金牌，日本鋼筆製造公司，一九一九年成立至今。下文 Century 系列一般譯為世紀系列。

13 （法語）尼斯。

14 （法語）丁香、淺紫色之意。

以最初挑選的鋼筆為基準，「比現在用的鋼筆輕」、「寫起來較順手」等，從這些角度來決定自己的喜好與接受度，似乎是挑選鋼筆的最佳方式。

「總之……我覺得從這兩款開始挑選比較妥當……請用沾墨的筆尖試寫。」

遞來的鋼筆並未吸墨，只是筆尖沾了點墨而已。

博子先試寫象牙白，接著試寫 Nice · Lilas。

「莫非您從事文書工作？」

砂羽這句話讓博子怔住。

「因為看您寫得很順手。」

「嗯，是的……原本是用原子筆，因為得了腱鞘炎，寫起字來有點痛苦……」

「若您有這方面的苦惱，建議筆壓調輕一點就會很好寫，握筆時稍微往後，讓筆身後仰也能減輕手部負擔。」

博子聽從建議後，試寫了一個「永」字。

「永」這字包括點、撇、勾、直線、橫線等各種筆畫，似乎是最常用來試寫的字。

接著寫地名與姓名。

博子一回神，才發現自己在漢字旁邊加上小小字級的假名標音。

明明是下班後的私人時間，紙上卻並排著工作時用到的各種記號，好比寫了兩個橢圓形，一個是中間一槓斜線，另一個是頭上有條橫線，還有階梯狀與波形線條。

試寫一輪後，博子交相看著筆和自己寫的字。

「可是……白色不是比較容易髒嗎？」

再次拿起象牙白鋼筆，問道。

砂羽像是被戳到痛處似的嘸了嘸口水，「是的。其實……」開始說明。

「用久了，螺桿的溝槽容易藏污納垢。那枝透明的 Nice · Lilas 則是看得到筆蓋內側沾附墨水。」

筆身容易因為手垢和墨水而變髒，這是淺色筆身鋼筆的宿命。

「您很在意髒污問題，是吧？只要使用黏稠度不高，流動順暢的墨水，同時勤快擦拭的話，就能解決這問題。鋼筆的墨水不只一種，就算同樣是藍色系，依廠牌不同，顏色和黏稠度也不一樣，有各式各樣的……所以只要挑選合適的墨水，就能解決您在意的問題。」

「要是選擇白色鋼筆，有不適用的墨水嗎？」

「這個嘛……個人認為避免用紅色墨水比較好。」

「紅色……」

這是博子最常用的顏色。

「是的。因為紅色的黏稠度高，一旦沾到墨水就很難洗淨，不過老闆可以幫忙調整出墨量……啊，出墨量就是書寫時，流到紙上的墨水量。」

連番說明讓博子愈聽腦子愈混亂。

「不好意思，因為一下子太多資訊，我得消化一下、再想想……多謝款待。」

博子一口氣喝光剩下的飲料，付了錢。

「這麼問也許有點失禮，妳還年輕卻對鋼筆那麼熟悉，在這裡工作很久了嗎？」

聽到這番話的砂羽怔住。

「呃……我來這裡打工才第一個月。」

這次換博子驚詫。

「我只是把老闆教我的東西說出來而已……還在學習中就裝出很懂的樣子，真是不好意思。」

砂羽的羞怯表情讓博子頗有好感。

先起身的砂羽幫忙開門。

「麻煩妳說明了這麼多，我卻什麼都沒買，不好意思。」

「您太客氣了。如果先預約就不必等，下次老闆就能為您服務。這是我們的名片。」

砂羽遞了一張除了店名之外，還印有營業時間與電話的名片。老闆的名字很好聽，冬木透馬。

「『鋼筆醫生』這店名取得真貼切。」

「咦？原來是這個意思啊。」

砂羽竟然不知道 medico 是義大利文，就是「醫生」的意思。

「是啊……也許真的很像醫院吧。」博子頻頻頷首。

「期待您再次光臨。」

總覺得還會再來吧，有此預感的博子步出店外。

博子坐在搖晃前行的電車上，看著個展明信片。

混合的色從左至右，是綠色、紅色、藍色，而且不只單一顏色，是使用了不同色調的多種同系色。

「我心中沒有『黑』這顏料……看起來是黑色，其實是混合群青藍與焦赭色調出來的顏色。」

或許是這番話的關係吧，總覺得看起來是黑色的顏色，帶著些許藍。

電車即將進站的廣播通知響起。

再往前駛一會兒，便能看見博子任職的報社大樓。

博子不經意地望向窗外，一片夕陽美景。

浮於空中的雲層鑲著炭火般忽隱忽現的紅光。電車行經河川時，水面映著沁染成橘色的天空，呈現美得令人屏息的光景，有乘客拍下這樣的美景。

博子坐在黃昏時分氣氛慵懶的車廂裡，胡思亂想。

大學畢業後換了不少工作，總算考取校對士資格。歷經幾次派遣職後，幸運地成為這間報社的校對員。

校對這份工作不單是挑出報導中的錯字，還要檢查內容是否屬實，有沒有不恰當的遣辭措意，所以被稱為「最後把關者」。

喜愛閱讀的博子覺得自己很適合從事文書工作，但自從她負責運動版面後，情況便幡然一變。本來就對運動不感興趣也不擅長的她，根本搞不清楚賽馬報導的各種專業用語，也看不懂出賽情報表。

所以對她來說，每週末的截稿無疑是難以言喻的一大壓力。

自從被分配到體育新聞部，她每天都睡不好，好不容易睡著了也很淺眠易醒。截稿前總是鬧胃疼，截稿完則是頻頻跑廁所。

電車抵達大阪車站，車上乘客紛紛匆忙下車，畢竟是轉乘大站，泰半乘客都在這裡下車。

博子被人潮吞沒。

轉乘地鐵前先去位於阪急三番街的K書店，這間書店是大阪車站一帶規模最大的書店。

買了幾本寫小說時查找資料用的書，和一本沒看過的四方純的書。似乎有店員是四方純的書迷，書架上添綴著充滿熱情的手繪POP。

櫃臺結帳時，店員幫書套上書衣。坐在地鐵車廂裡的博子迫不及待地翻閱。

才翻看第一頁，就被故事情節深深吸引。

講述別具知性的貓，與遭逢意外、將受損身體改造成機械人的青年的故事，即便是稍嫌誇張的情節，也不會給人灑狗血的感覺，而且愈看愈感動。

從平淡的日常生活中，能窺見青年對人生的絕望，以及藉由與貓咪的互動，逐漸拾回希望的心情，前半段的描寫十分細膩。無奈生命終有時，青年希望壽命已盡的貓咪也能像自己一樣機械化。「我已經活得夠久了。」貓卻拒絕延命。

只要從腦子接受訊息，就能像健康的人一樣自由動作的義肢手，在義肢手的輕撫下，輕閉雙眼的貓咪靜靜地去了另一個世界。

明明是如此超現實的故事，描述的卻是再尋常不過的生活。

——如何才能寫出這樣的故事呢……

博子忘情讀著，差點忘了下車。

叮鈴～

就在她闔上書的瞬間，響起收到電子郵件的通知聲。

一瞧，原來是在藝文社團認識的一位夥伴。他在 KAKOYOMO 是瀏覽次數超過十萬的人氣作家，去年犀星堂幫他出書，銷量不錯，隨後又出版了一本系列作。目前在 KAKOYOMO 連載第三部作品，應該也會交由犀星堂出版吧，堪稱是社團中「最早出頭天的人」，也是博子欽慕的對象。

「不會吧……」

博子點開電子郵件，出現令人難以置信的內容：

「我的責編想和真廣小姐見面，方便告知聯絡方式嗎？」

約在大阪車站裡的某間飯店碰面。

出了ＪＲ中央閘口就能瞧見飯店的出入口，正對面是大丸梅田店，實在很難想像門的彼端就是飯店。走進出入口，前方就是電梯。

博子壓抑興奮心情，尋找約定碰面的對象。

瞥見一頭俐落短髮的女人，立刻覺得「就是她」，對方似乎也認出博子，問道：「請問是真廣汀小姐嗎？」

「妳好，敝姓桂木。」

女人順勢遞出印著公司名稱的名片。

桂木小姐昨天剛結束三場會議，原本打算忙完工作後就回東京的她，想先和博子見一面。

兩人走向飯店大廳。

長住大阪的博子從不曉得出版社和作家經常約在這裡開會。

服務生端來飲料後，輕鬆的聊天旋即轉為今天準備談的要事。

「之前就拜讀過真廣小姐的小說，恕我失禮，因為敝社的 KAKOYOMO 使用者偏好輕小說，所以真廣小姐的點閱率不算高，但我感受得到妳的作品裡蘊含光芒。」

「那麼……請問是哪部作品？」

明明面對的是比自己小很多歲的女人，博子卻緊張得心臟快從口中迸出似的。

「第二部作品，描述甜點男與高中女生的故事。」

雖說這答案一如預期，卻難掩失望，因為博子想寫的是第一部作品那樣的風格，無奈評價不太好，所以才抱著不太以為然的心情，試著改變風格。

「有喜歡的作家嗎？」

「四方純。最近才成為他的書迷，正在讀他的作品……」

四方純畢竟是資深作家，有很多還沒讀過的作品。博子這番話要是被資深書迷聽到了，一定很羨慕。

「哦，原來如此……」

桂木小姐了然於心似的頷首。

「你這兩部作品的風格截然不同，讓我覺得不可思議。不過，像第一部作品這樣風格的小說已經過時了。」

被人直戳痛處的博子忍不住反駁：

「可是四方老師現在依舊是人氣作家，不是嗎？既然如此，就表示讀者能接受那樣的風格吧？」

只要能不限於KAKOYOMO，讓自己的作品被更多人看見的話——無奈桂木小姐並不認同。

「既然已經有四方老師了，就不需要同樣風格的作家。如果風格雷同，讀者會感興趣的是四方老師的著作，而不是無名新人作家的作品。真廣小姐不也因為是四方老師的作品才買的嗎？」

博子無話可說。

「真廣小姐從事哪方面的工作？」

「我在報社擔任校對員。」

「必須細心又有耐心的工作呢。」桂子小姐感佩地說。

「還好啦，」博子回道：「報紙的發行量每況愈下……」

任職出版社的桂木小姐應該能明白愈來愈多人沒有閱讀習慣。

「就算出書，也別辭掉現在的工作喔。」

桂木小姐的口氣變得稍微嚴肅。

「尤其是得了新人獎之後就辭掉工作，當起專業作家，結果作品銷量不佳，花光積蓄的例子還不少。」

這種事在矢志成為作家的同好間已是常識，不用特別提醒也知道。

兩人一邊啜茶，聊了約莫一個鐘頭。桂木小姐似乎對博子目前正在KAKOYOMO連載的作品毫無興趣。

「甜點男的那個故事再這樣下去不太妙，要不要考慮重寫呢？」

突然心跳加劇。

話題忽然回歸現實面，博子有點不知所措。

「不只是修改，請考慮改寫；也就是以那樣的角色為基礎，創作另一個故事。比方說帶點推理風格，或是兩人逐漸相戀……要是照目前的架構發展，銷售上有難度。」

意思是，還沒確定會付梓成冊。

「還不知道能不能出成書，是這樣嗎？」

「目前沒辦法。」

桂木小姐深吸一口氣。

「今年是我擔任編輯的第三年。一直以來我都是承接前輩負責的作家，最近總算能夠獨立做自己想做的東西，所以我打算陸續接觸自己感興趣的作家。真廣小姐是我第一次主動聯絡的對象。」

桂子小姐說她想開始著手新企畫。

「那麼，包括擬定情節大綱等，方便以百頁[15]為單位陸續給稿嗎？我想在今年度[16]內出版……不，可以的話我想以明年年初出版為目標，所以最遲九月初交稿。」

九月初？

15 日本稿紙一般每頁為四百字。

16 日本年度計算自每年四月一日開始，至隔年三月三十一日止。

不就只剩三個月嗎？

只能花三個月時間改寫故事。

「靜候妳的稿子。」

桂木小姐深深行禮後，消失在中央閘口的另一頭。她要搭乘開往新大阪的電車，接新幹線回東京。

目送桂木小姐離去的博子走在梅田車站雜沓的人群中，深感一步步逼近的現實。那句「想著手新企畫」，充其量只是還沒落實的空話，何況博子對這企畫存疑。愈走，愈覺得方才的事彷如一場夢。

博子趁轉乘的電車尚未進站時，打電話給介紹桂木小姐來的 KAKOYOMO 夥伴。

「這種機會錯過可惜吧？要是我的話就答應了。」

「可是只給三個月的時間耶！三個月要寫一部長篇。」

「寫吧，反正有底稿。」

夥伴的輕鬆回應讓博子語塞。

「這對專業作家來說根本是小 case，還有傢伙每個月都推出新作呢。」

「可是我還有正職。」博子硬是把這句話吞回肚子裡。因為對方的正職是內科醫師，身披白袍的他可是一邊工作，一邊創作。

「總之妳就試試吧，也許是個改變人生的機會。」

對方說了這句話後，掛斷電話。

「改變人生的機會……嗎？」

總覺得好像在哪兒聽過這句話。

只要帶著正在用的鋼筆過來，就能協助你改變人生。

「那個、我前幾天去過店裡……」

博子去電 Medico Penna，接電話的是老闆冬木透馬。

可惜象牙白鋼筆和 Nice · Lilas 都賣掉了，看來是無緣吧。就在博子準備掛電話時，透馬出聲：

「對了，您是要調整鋼筆吧？那天真是不好意思。」

沒想到透馬還記得博子。

「其實這幾天有進新貨，應該是您會喜歡的款式。方便的話，可以讓我看一下您目前使用的鋼筆嗎？」

「只是請你看一下……也可以嗎？」

「當然沒問題，靜候光臨。」

博子下班後並未搭地鐵，而是去大阪車站搭乘ＪＲ神戶線的新快速，抵達三宮車站時已是傍晚五點四十五分。車站一帶的天色還很亮，正值下班尖峰時間。

可能是客人登門吧，一輛白色廂型車塞在狹窄巷道似的停在店門口。

從窗外只瞧見老闆冬木透馬的白頭髮。

「歡迎光臨。」

推開店門，打招呼的不是透馬，而是坐在他對面的西裝男。只見他神情輕鬆地說：

「老闆在忙，請稍等一下。」

沒看到砂羽。

反倒瞧見店的最裡面有個穿工作服的男人拿著扳手，正在拆解東西。地板鋪著的報紙上排放著螺絲、圓砥石、厚板子與棒狀零件等。

定睛一瞧，透馬正用砂紙專注地摩擦手邊的東西。

他用砂紙削著筆尖，組裝好後遞給西裝男。

「調整後覺得如何？」

西裝男試寫後，回了句：「ＯＫ。」

隨即指著工作桌後面的展示櫃，說：「我想看一下左邊那枝 Tortoiseshell Brown。」

「池谷先生，有客人在等……」

透馬瞄了一眼博子。

「啊，沒關係。你們慢慢來。」

「真是不好意思，那請您再稍等一下。」

透馬將鋼筆置於筆盤，池谷先生從自己的包包掏出筆盒，也取出一枝鋼筆放在筆盤上。

筆盤上並排著兩枝造型幾乎一模一樣的鋼筆。

「我有原創款了，覺得沒必要買復刻款，可是兩枝排在一起更可愛呢！」

被這番話勾起好奇心的博子偷瞄著。「請坐。」透馬為她準備一張椅子。

「原創款是 101 N Tortoiseshell，這枝是復刻款的 Tortoiseshell Brown。兩枝都是德國

製造商 Pelikan[17]的商品。」

相較於帶點灰色的復刻款，原創款是深咖啡，雖然造型相似，但顏色差異演繹出不同的美。

「兩枝都很好看呢！」博子坦率說出感想。

「是吧？」池谷先生一臉煩惱樣。「雖說同樣是大理石花紋，還是有差異的。我不喜歡顏色對比太強烈的組合……」

老闆立刻接話。

「還有幾枝現貨喔，要拿給你瞧瞧嗎？」

「早說嘛！」

池谷先生面前又擺上幾枝同款的鋼筆，花紋的確都不太一樣。

只見他一邊「嗯……」地低吟，一邊從中挑選自己喜歡的款式。就在他總算選定其中一枝時，突然從口袋掏出真皮名片夾，抽出一張名片遞給博子。

「FUKAMI 貿易……」

職銜是「業務部　池谷隼人」。

「我們公司經手的商品以鋼筆為首，還有各種文具用品，主要是將國內外知名品牌的高級文具用品批發給百貨公司專櫃與專賣店。」

池谷突然一派業務員口吻。就在這時，響起低沉轟鳴。

「喂，冬木先生，修好囉。」

在裡頭被拆解的機器又組裝好了的樣子。

一瞧，原來是前幾天發出轟鳴聲的磨床。

「削掉的殘渣堵住了。」

「謝啦，這機器從幾天前就不太對勁……」

按下開關，磨床開始運作。不知是否心理作用，總覺得震動和聲音比之前小聲多了。

「冬木先生，你該不會給機器上過潤滑油？」

「其實是用這個……」

透馬拿出一瓶噴霧劑。

「不能用這東西啦！矽膠、噴霧劑都會促使粉末凝固，只會造成反效果。要是有什

17 百利金，德國專業文具製造公司，至今已有一百八十年歷史。前文提到的是玳瑁系列與玳瑁棕筆款。

麼問題，隨時找我吧。」

男子的低沉嗓音十分悅耳。

「三木先生，一起去吃飯吧？」

只見池谷先生慌忙收拾，準備離開。

「不好意思，小池，今天沒辦法。」

七手八腳收拾好工具，身穿工作服，被喚作三木先生的男子走出來，向博子點頭打招呼。

「真是的，你還真忙啊……」

「三木先生和池谷先生不一樣，可是很忙的呢。」

「哎唷，別這麼毒舌嘛。不過啊，總覺得你們家的展示櫃擺放位置很怪耶，一般不是都擺在一眼就看得到的地方嗎？對了，Pelikan 的古董筆還進了其他款嗎？」

「有螺鈿的筆款，M1000 綠光，但已經賣掉了。」

池谷先生懊惱地搔頭。

「啊啊啊……怎麼沒先問我一聲啊？」

「進貨後馬上就賣出去了……下次再通知你。呃，還有客人在等，所以……」

老闆顧慮博子在旁久候，再次催促池谷先生該離開了。

「不好意思……讓客人等這麼久，先走囉。」

池谷先生拿著裝有鋼筆的紙袋，踩著輕盈步伐步出店外。

「讓您久等了。要不要來杯咖啡呢？」

「不用了。可以先讓我看一下鋼筆嗎？」

胃不太舒服，博子只好無奈地婉拒。

「好的，馬上拿給您看。」

準備試筆紙，開始選鋼筆。

「這枝和剛才給池谷先生看的一樣，都是 Pelikan 的商品，Souverän[18] M400。」

拿出來的是紅條紋筆身的鋼筆。

「Souverän 的代表筆款是綠條紋筆身，但我覺得這款比較適合橋口小姐，也是 Pelikan 的鋼筆。」

18 （德語）君主、統治者之意。

博子拿起這枝有著美麗深紅色與馬賽克般條紋圖案的鋼筆，總覺得有種懷舊感。

「這枝名為 Tortoiseshell Red，其實是二手鋼筆，不過寫起來還是很滑順。另外，旁邊那枝一樣是德國製造商 LAMY[19]的 Safari Red。」

「那個……」

博子一臉困惑地看著筆盤裡的兩枝鋼筆。

「今天推薦的都是紅色鋼筆，是吧？」

「您是從事校對方面的工作吧，應該常會用到紅色墨水，所以是配合您的工作來挑選的。」

「咦？」

——為什麼知道我是校對員呢？

就在博子心生疑惑時，老闆拿出上次博子用過的試筆紙。

「為了和英文字O有所區別，所以寫數字0時，習慣在數字中間加一條斜線吧？還有，這裡退一格、換行時的階梯狀符號等都是校對的常用符號。那天，我們店裡的工讀生沒留意，推薦您使用白色鋼筆，真是抱歉。」

博子驚訝地摀著嘴角。

「不知不覺就習慣……啊，不對，我想暫時拋開工作……至少私底下想用自己喜歡的文具用品寫作，所以那位工讀生並沒有錯。」

「不是工作用的嗎？」

老闆一臉詫異，博子苦笑地說：

「工作時用便宜的鋼筆就行了，反正又不是多厲害的工作。」

博子沒想到自己會脫口說出這番話。

「不好意思，因為工作陷入瓶頸，所以……」

「沒事，沒關係。要是不嫌棄的話，可以說給我聽。」

老闆睜著黑白分明的雙眼看著博子。

在那對眼睛的注視下，博子緩緩傾吐。

「校對這工作真的很無趣，卻擔負重責，不容許絲毫錯誤……」

一句接一句地發洩滿腹牢騷。當然，她從未和同事、家人或朋友傾吐過工作方面的

19　凌美，德國鋼筆、文具製造公司，一九三〇年至今。下文的 Safari 一般譯為狩獵者系列。

煩惱——

「周遭人都覺得我待的是大公司，所以我沒和任何人說過這些話：沒有工作價值、沒有成就感、很空虛等等。我……我並沒有想要成為專業校對員，只是偶然考取資格而已……而且校對這工作就算做了十年也稱不上資深，更別說升遷了。總之，我就一直做著這份工作……一回神，才發現已經做了十年。原本想一直待下去到退休，無奈報紙發行數量愈來愈少，最近還被勸退……其實現在已經很少企業雇用正職校對員，所以要是辭職的話就只能兼職了……我這十年到底在做什麼啊？」

雖然厭倦現在的工作，卻又不敢輕易辭職。

博子覺得自己很矛盾。

「抱歉，讓你聽我發牢騷……真的不曉得該怎麼辦才好。」

頓覺難堪的她低著頭。

「有帶工作時用的鋼筆嗎？」老闆問。

博子翻找包包，掏出裝著 Preppy 鋼筆的筆袋。

「極細、細字、中字，這三種都有，是吧？是依用途使用嗎？」

「標示字距與行間時用的是最細，最粗的用來刪除一串文字……」

老闆一邊聽博子說明，一邊用放大鏡檢視筆尖。

既然可以協助改變人生，不是應該像占卜一樣，詢問出生年月日嗎？博子心想。顯然不是這回事。

「看來很常使用呢！」

老闆依序檢視完三枝鋼筆的筆尖。

「每天工作時都會用到。」

羅患腱鞘炎是去年天候開始轉暖時，已經過了一年了。博子怔怔地想。

「這幾枝都不需要調整。」

「不需要嗎？」

「我請您帶過來，是要幫您把筆調整到書寫起來更滑順，但這幾枝鋼筆因為經常使用，已經和持有者的書寫習慣相當契合了。」

那我不就白跑一趟了嗎？博子心想。

「當然要是一開始使用就覺得不順手的話，可以幫忙調整；但基本上，鋼筆排放在鋼筆專賣店展示櫃之前都會檢查過，消費者購買後可以安心使用，而且持續使用兩年後，手感會變得非常滑順。尤其是從事文書工作的人，因為經常使用的關係，我想會更快體會到這種感受吧。」

「那個……其實我才用了一年。」

「真是幸福的筆。」

老闆一臉滿足地頷首。

「這枝筆本身就是一個故事。橋口小姐做的事絕對不是無謂之事，何況世上沒有無謂的東西，也沒有不需要的東西。」

不知從何處傳來「沙～～」的聲音。

似乎會下雨的樣子，不知不覺間日落西沉，窗外一片昏暗。

「我們也有客人是作家。」

博子怔住。

「現在的作家多用電腦寫小說，但聽說修潤時還是會列印出來，用紅筆修改。這時要是用原子筆，寫久了手會很痠，所以有人會用鋼筆。」

心跳加劇。

博子比誰都心知肚明，老闆那句「從事文書工作」指的不是正職，而是這一年來，自己都是用 Preppy 鋼筆在家修潤小說。

起初是因為厭倦每天校潤別人寫的稿子，於是在落葉紛飛時，因緣際會接觸到KAKOYOMO。

從小與書為伍的她在小學畢業紀念冊寫下自己的夢想是「將來想成為小說家」，無奈步入職場後卻離創作這條路愈來愈遠。

投稿KAKOYOMO的同時，也參加了文藝社團的同人誌發行會，和社團夥伴們交流，評論彼此的作品，也交換書來看。就這樣認識了原本不知道的作家和作品，也邂逅了四方純的小說。

文藝社團裡有各種人。

有人和博子一樣是上班族，也有家庭主婦、醫師、律師或高中數學老師，還有搞笑演員，甚至有人是飛航管制人員等，盡是些她從未往來過的職業類別，彷彿是住在另一個世界的人們。大家因為共同興趣而結為同好，和他們一起度過的時光是那麼刺激，感受到從未有過的充實與樂趣。

因為興趣而創作的小說或許能成為一份工作。

只要步上軌道就能辭掉正職，做自己喜歡的事。

明明如此，卻猶豫不決。

究竟在害怕什麼？

究竟是什麼？

因為害怕繫在心裡的希望就此破滅，不是嗎？

好不容易有人來邀稿卻寫不出來，或是完成的作品得不到青睞；也可能因為其他原因，無法付梓成冊。總之，就是害怕受傷。

只要不挑戰，就不會受到傷害——

「我怎會如此狡猾，如此怯弱呢……」

博子一抬頭，瞧見那張酷似貓頭鷹的臉。

那彷彿看透一切的雙眼似乎識破了博子的生活，以及與桂木小姐的談話內容。

「怎麼了嗎？」

博子欲言又止。

渴求一句指引她該怎麼走下去的話。這間店不是可以協助改變人生嗎？

「鋼筆可以改變人生，是吧？」

「這個嘛……妳的話，應該可以吧。」

透馬用力頷首。

博子疑惑地偏著頭。

「因為妳已經知道該怎麼做。」透馬把三枝 Preppy 鋼筆還給博子。

「老闆的人生也因為鋼筆而改變嗎？」

「是啊。因為我還坐在這裡，像這樣從事關於鋼筆的工作。」

「老闆的第一枝鋼筆……是什麼樣的筆呢？」

「我的嗎？記得是國中時，買學習雜誌送的贈品。」

這番意外之言讓博子怔住。

「我最初接觸的就是這樣的鋼筆。」

老闆打開墨水瓶，讓博子依序拿起排放在筆盤上的鋼筆沾墨水，試寫。

「每枝寫起來的手感不太一樣。」

「這枝 Safari 是專為小孩子設計的鐵製筆尖，握筆的地方有凹處，讓孩子能記住正確的握筆方式，算是入門款。另一枝 Souverän 是K金製筆尖，書寫感比鐵製來得柔順。對了，還有一枝也可以參考看看……」

打開展示櫃，取出一枝鋼筆擺在筆盤上。

「顏色好美……」

博子不禁屏息。

「這是義大利品牌Aurora[20]的Optima，顏色是酒紅色。」

閃耀著寶石光輝的筆身，銀色筆夾、筆環如此華美。

「一定很貴吧？」

沒勇氣觸摸的博子嘆氣。

「昂貴的定義因人而異吧，就算是昂貴的鋼筆，要是每天使用就很划算……不過，的確不便宜就是了。」

老闆拿起已經充好墨水的Optima，將筆尾朝博子的方向放下。

博子戰戰兢兢地拿起鋼筆試寫。

明明沒怎麼出力，墨水就落在紙上，用「自然溢出似的」這句話形容再貼切不過。

不難想像從筆尖流出紅色墨水的樣子，宛如淌血般耽美的光景。

「若是喜歡紅色鋼筆，有各種顏色喔，只是我們店裡沒現貨就是了……」

老闆回頭，從身後的架子抽出一本應該是商品型錄的東西。

「這個也很不錯，對吧？」

老闆指著筆身由酒紅色與淺咖啡色夾雜的大理石花紋鋼筆。

博子一時噤聲。

雙眼就像被吸住似的，目光遲遲無法從目錄上的圖片移開。

「這枝和 Optima 一樣，都是 Aurora 推出的限定款：Oceania。」

Optima 的筆尖是十四K金，Oceania 則是十八K金。

「Aurora 是一九一九年創立於都靈市，義大利數一數二的筆類製造商。一向堅持『made in Italy』，從筆尖加工到筆身組裝都是在自家工廠完成。重現一九三〇年代賽璐珞素材，使用名為『auroloido』的特殊 Aurora 樹脂打造的筆身，不僅十分華麗，更兼具高雅與知性美。」

Oceania 是稱為「大陸系列」的限定款，也是一款講究以 Optima 為基底獨創的大理石花紋與細部綴飾的商品。

「Oceania 是大陸系列的第五款商品，於二〇一四年上市。大陸系列依序推出非洲、

20 奧羅拉，是義大利生產並銷售書寫工具、奢華皮革製品、手錶和紙張的品牌，以羅馬神話「曙光女神」的名字為名，成立於一九一九年。下文 Optima 有最佳之意。

亞洲、歐洲、美洲……最後是大洋洲。」

鑲嵌原石的天冠，限量序號的刻印，雕金的筆環等，老闆詳細說明。

「今天真的很謝謝你，讓我鑑賞到好東西，但對現在的我來說，還是……」

博子欲言又止。

——總有一天，我想用這枝鋼筆寫些什麼，和別人分享我寫的東西。

總覺得自己還不夠格稱為「作家」。

「不過，總有一天……總有一天，我會成為擁有這枝鋼筆的自己。」

因此，必須先完成桂木小姐的邀稿，拿到版稅才行。

「對了，我想喝咖啡，也為您煮一杯，如何？」

不可思議的是，胃不適的感覺消失了。

「啊，請給我一杯。」

博子一邊目送老闆走進後場，一邊看著擺在桌上的鋼筆與攤放的商品型錄。

已經決定好想要的東西了。

雨勢未歇，神戶的街景深鎖在一片霧茫茫中。

第三話

不完整的收藏

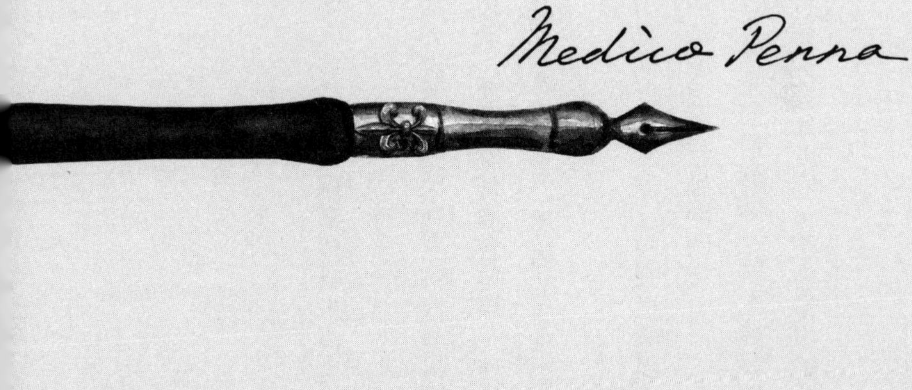

七月

野並砂羽在 Medico Penna 打工已經兩個月。

因應週末假日打工，生活步調也有所改變。客人多是預約週末假日來店，她得趕在開店之前抵達，一直忙到營業時間結束後。

砂羽通常提早三十分鐘到店，先做些清掃工作，像是撢掉古董家具與擺飾上的灰塵，擰乾抹布、擦亮上漆的褐色家具與展示櫃的玻璃，然後整理廣告傳單、回覆電子郵件等。最近增加了一項工作，就是給自己種的洋甘菊澆水；總之，要做的事情還真不少。

週末早上十點多。

砂羽掏出備份鑰匙，插進鎖孔後轉一下，用力推開厚重木門。現在已經抓到訣竅，但第一天上工時怎麼也開不了，結果是待在店裡的老闆透馬幫她開門。

其實透馬住在店鋪的二樓，照理說，不必給工讀生備份鑰匙，就不會發生這般情況；但因為他經常熬夜調整、維修客人的鋼筆，直到天亮才就寢，想盡量多睡些，所以才請砂羽開門，準備開店事宜。

但，今早異於平日。

透馬坐在置於昏暗店內一隅的書桌（兼具接待客人與工作用的桌子）前，橙色桌燈亮著。

只見他怔怔地注視某處。

「店長……你沒事吧？」

砂羽怯聲招呼，透馬睜著惺忪睡眼，緩緩看向砂羽。

那模樣不似剛睡醒，倒像是徹夜獨坐桌前。

「哦，阿部小姐嗎？早啊。」

被喚成陌生名字的砂羽嚇一跳。

「看清楚啊，我是野並，野並砂羽。」

「已經這時間了嗎？」

「到底是怎麼了？」

砂羽瞄了一眼，桌上擺著一大堆鋼筆筆盒與折放的紙袋，堆成一座小山，數量多到連透馬的腳邊也有一堆紙袋。隱約可見掩沒於大量皮牛紙袋裡的 Morozoff[21]與 Henri Charpentier[22]商標，每個紙袋裡都塞滿了筆盒。

「昨天關店時帶過來的……」

「咦，這些都是客人要寄售的嗎？」
粗略一數，不下百枝。
「是啊，一位女士委託的。硬是要我接單……真是強人所難。」
Medico Penna 除了販售新品，也經營二手鋼筆買賣。這些二手鋼筆排放在寄售品專用展示櫃，是鋼筆收藏迷一進店就會先查看的熱門專區。
寄售品一如其名，就是客人寄售的二手鋼筆。要是賣掉的話，店家從實際交易價格扣除手續費後，就是客人拿到的金額。透馬會依客人希望的價格、鋼筆的使用頻率、有無損傷、是否為稀有款式等各種因素決定售價。
雖說是二手鋼筆，其中不乏近全新的，以及過往推出的限定款與絕版款，所以二手鋼筆的售價有時會比當初購買的價格高出許多。
客人寄售的理由百百種，好比「想作為買新鋼筆的資金」，也有的是遺物整理等。透馬有時會親自到府收購，有時採宅配方式。
這次是女客人自己開車送來的樣子。
「數量真是驚人啊，該不會是決定結束營業的文具店……」
開業已久的文具店裡往往有不少庫存，只好將無法退給廠商的商品轉來寄售。

「還是某位常客過世呢？」

收藏家身歿後，留下為數可觀的鋼筆。這些收藏品對收藏迷而言是珍寶，但對遺族來說可不是這麼回事，只想盡快處理掉。

「這我就不太清楚了。」

透馬伸了個懶腰。

「也就是說，對方並沒有什麼要諮商的，對吧？」

Medico Penna 不只買賣、維修鋼筆，也是以協助客人一起解決煩惱而聞名的店。

簡單地說，老闆透馬在接待客人的過程中，雖然總會無意識地當起諮商師，但他總是謙遜地說：「鋼筆可以改變人生。」

「應該是有什麼原因，但客人沒說，我也不會多問。總之，因為數量太多，沒辦法當場鑑定完，所以請她給我一點時間。」

---

21 Morozoff Limited，總公司位於神戶的日本知名甜點製造商，一九三一年創業至今。

22 日本知名甜點品牌，總公司位於兵庫縣蘆屋，一九七五年創業至今。

看來透馬一直坐在這裡，熬夜檢查這些鋼筆。
「我做到一半，累到睡著了……幸好沒有弄壞寄售的筆。」
透馬小心翼翼地拿起一枝檢查過的鋼筆。
「每一枝的狀況都不錯，應該可以很快賣掉吧。」
這麼說的他，把裝在筆盒裡的鋼筆放回印有Morozoff商標的紙袋裡。
「竟然一次把這麼多收藏品賣掉，應該是因為喜好而蒐集的吧……究竟發生什麼事了呢？」
「狂熱的收藏迷也會因為某些緣故，像退駕似的突然失去興趣喔。」
透馬看過多少次這樣的例子呢？
「印象中收藏迷都是男性，但也有熱中的女收藏迷吧？」
「嗯，台灣就有狂熱的MONTBLANC女收藏迷。」
這麼說的透馬咳了一聲，神情突然變得嚴肅。
「好了，到此為止。工作，工作。」
透馬這句話促使砂羽趕緊把看板搬到門口。
「桌子這邊我自己收拾……先開窗透氣吧。」

透馬上下調整窗扇，開啟百葉窗讓風吹進來。

晨光也照進昏暗的店裡。

砂羽掃地時，透馬將寄售的鋼筆全數搬至後場，接著傳來漱口聲，過了一會兒，開始飄出烤麵包的香氣。

「砂羽，今天有幾個預約？」

啣著麵包的透馬探頭問。

砂羽翻開記事本，檢視預約排程。

「十一點半有個調整的預約，然後下午一點到五點都有預約……」

今天是週末，也是Medico Penna一週中最忙碌的一天。

客人多是利用週末休假日帶鋼筆過來調整或維修，而且什麼樣的客人都有，像是報社記者、大學教授、作家或是愛好鋼筆的熟客。

「歡迎光臨。」

中午過後有個男子走進店裡，並非熟客的他可能是碰巧路過吧。

男子粗略看了一下透馬身後以古董家具當作展示櫃裡的商品，便在最裡面那張桌子旁坐下，說了句：「給我一杯咖啡。」

砂羽端來咖啡，問道：「請問要找什麼款式的鋼筆？」男子沒回應。

畢竟這間店位於巷弄底，很少有路過的新客人光顧，但偶爾會有人誤以為是咖啡館或餐廳而走進來。事實上，店裡的確有提供付費咖啡，方便客人久待，好好感受鋼筆的美好。看來這名男子可能誤以為這裡是咖啡廳。

就在這時，除了預約調整鋼筆的客人登門之外，還有其他客人走進店裡，砂羽和透馬忙著招呼。

小小一間店，塞進五個人就顯得侷促。

男子把空杯擱在桌上，沒有要離去的意思。他坐在那裡，就不好意思讓想要試筆的客人落坐。

「要跟他說一聲嗎？」砂羽悄聲問透馬。

「就讓他坐著吧。」得到這樣的回覆。

難不成是熟客嗎？砂羽很想不在意男子的存在，卻做不到。

男子一身普通西裝，拎著黑色公事包，應該是哪間公司的業務吧？還有，透馬的態度也令人不解。

男子靠一杯咖啡待了兩個鐘頭後，總算起身。付完錢，他又像來時一樣，悶聲不吭地步出店外。

結束在職涯輔導中心的面談，砂羽瞅了一眼為求清涼感，打造出人工瀑布的生態池，一邊走在校園裡尋找涼爽的地方。

現在聚集在職涯輔導中心的學生多半是大三或大一、大二生。砂羽最終還是沒能在六月中拿到錄取通知，暫停了求職的腳步。聽說秋天會有幾間公司行號追加招募新人，但名額很少，砂羽一開始就放棄了。

「要是想進中小企業的話，也可以利用 Hello Work[23] 找找看。」聽到面談的職員說出這句話時，砂羽感覺沒有希望了。

——既然如此，幹嘛還要設立職涯輔導中心啊。

23 日本求職網站，https://www.hellowork.mhlw.go.jp/。

砂羽愈想愈氣。

「砂～羽～」

回頭一瞧，身穿黑色套裝的美海朝她奔來。

雖然她和砂羽一樣在求職過程中吃了不少苦頭，但美海因為一句「改變你的人生」，和砂羽一起造訪 Medico Penna 後，不久便收到知名家電量販店的錄取通知。

瞧她一身套裝，看來今天是去參加研習吧。「好好喔。」砂羽不禁喃喃自語。

砂羽這句話讓美海想起好友還沒確定畢業後的出路。

「總覺得對妳不好意思，但道歉的話也很怪……」

砂羽揮了揮手，用動作取代「沒事啦」這句話。

並不是想在家電量販店工作，甚至不清楚自己究竟想不想成為粉領族，只是羨慕別人確定了安身之所罷了。

「妳要繼續打工嗎？在那間鋼筆專賣店……」

「嗯……」

「就這樣轉正職？」

「我也不知道。」

「對了，也可以二度求職啊。」

二度求職。

意思是應屆畢業生步入職場後，因為什麼原因而辭職，再次求職的意思。

——還沒有個像樣的工作經歷，就二度求職嗎……

況且面試時肯定會被問：「為什麼沒有比較完整的工作經歷呢？」不是沒有，而是找不到，企業會想雇用這種人嗎？

可能是察覺砂羽之所以沉默不語的心情吧，美海趕緊換話題。

「其實我想再去一趟萬事諮商呢，妳今天有排班嗎？」

明明店名是 Medico Penna，美海卻叫它「萬事諮商」。

「啊，今天公休。」

「是喔，好可惜。」

「若是要買鋼筆的話，可以去三宮中心街的J書店，N文具中心買。」

「我不是要買筆，是想見妖精先生啦，有事想問。」

美海似乎頗喜歡「妖精先生」這暱稱。

「店長很忙，不能什麼事都找他商量啦。」

都已經找到工作了。還想求什麼呢？砂羽不免嫉妒。

「嗯……想提升桃花運，不行嗎？」

「店長已經跟妳說過了，也買了粉紅色鋼筆，不是嗎？」

「嗯，是沒錯啦。」

美海翻找包包，掏出一個皮革筆套。sheath 是「刀鞘」的意思，pen sheath 就是筆套，也是 Medico Penna 深受歡迎的商品，有各種顏色的皮革筆套。

美海選的是白色筆套，插著淡粉紅筆身搭配粉金綴飾、造型華麗的鋼筆。這枝鋼筆是 PLATINUM 的 Nice・Lilas。

砂羽曾向之前來店的女性客人推薦這款鋼筆，可惜對方似乎不太中意，沒有買。後來，透馬建議祈願「工作有著落後，接下來想提升桃花運」的美海購買。

「還沒發揮效用，可惜啊。」

「所以才要拜託妖精先生啊。人家想提升桃花運嘛，要是墨水也換成粉紅色會不會比較有效呢？」

「粉紅色也分好幾種呢，還是我們今天去N文具中心看看？」

日本三大鋼筆製造商都推出幾十款墨水，大型文具用品店也會推出自創品牌的墨水，近來甚至有專賣墨水的品牌店，加上國外的墨水廠牌，種類可說多如繁星。

價格也相當分歧，好比 Medico Penna 販售的墨水，最便宜的是一瓶四百四十日圓，最貴的 Caran d'Ache[24] 墨水要價則是十倍。

即便是最基本的藍色，依廠牌不同，色調、明度與彩度也有細微差異。以粉紅色墨水來說，有接近橘色的，也有帶一點藍色的，種類繁多。

「我想光看色票，一時之間會無法決定吧。先鎖定一個目標如何？有鮮豔的粉紅色，也有沉一點的復古色調，接近酒紅色的顏色也不錯。就算是冬木店長，要是客人說什麼都行，他也會很困擾吧。」

「說的也是。對了，既然要去三宮中心街，有間一直很想去的店呢。我們去吃越南料理，如何？」

是間住在日本的越南人也會去的店，聽說可以吃到道地的越南料理。

「贊成。」

24 瑞士專業繪畫與書寫工具製造商，一九一五年創立至今，這款墨水一般譯為卡達墨水。

「好，走吧，走吧。」

兩人抓著吊環，一路搖晃著前進的校車正在下坡。

在離學校最近的車站搭電車，各站都停的車是三站，快車的話就能直達三宮車站。

從 Flower Road 拐進三宮中心街，那間越南餐廳就位於 Sun Plaza 的地下美食街。

店裡掛著燈籠，越南話此起彼落，身穿奧黛的女人端著盛著料理的盆子。

兩人點了炸春捲和生春捲，燉菜與雞肉河粉，以及附白飯的套餐。

「意外地爽口呢。」

「怎麼吃都吃不膩，對吧？」

雖然香菜有股特殊的氣味，卻和玉子燒很搭。

飽餐一頓後步出店外，走進商店街。

三宮中心街不負神戶的「皮革城市」盛名，有成排的包包與鞋店，以及標榜低價位的服飾店、雜貨店，甚至還有小小的二手書店。

砂羽和美海來到 Ikuda Road，瞧見左邊就是門面寬廣的J書店。

兩人走向電梯。

鋼筆專賣區位於三樓的N文具中心，以大片玻璃圍出的一處角落。有別於四周陳列著設計夢幻的信紙信封套組、色彩繽紛的筆、卡片等，這方天地以黑色為基調的設計，營造出書房氛圍。

除了各廠商推出的墨水，也展示自家品牌的墨水，以神戶風景命名，像是「六甲Green」、「舊居留地Sepia」等。

砂羽她們表明想要了解墨水顏色時，身穿黑色套裝的女子隨即拿來色票本。

「哇，怎麼辦？好難選喔。」

美海扯嗓地說。一位正在試筆、看起來上了年紀的男人輕咳一聲。「不好意思。」砂羽代為致歉時，突然注意到站在對面的人。

「啊……」

有個男子逐一瞅著沿牆擺置的展示櫃裡的商品。他就是前幾天去Medico Penna，只點了一杯咖啡就待很久的那個人。

今天的他也是一身西裝，和上次一樣提著業務員拿的那種黑色公事包。可能是趁跑業務的空檔來這裡逛逛吧。

砂羽佯裝正在物色商品，慢慢走近男子。男子逛的是古董筆區，陳列著已經停產的賽璐珞材質的Pelikan鋼筆，還有幾年前倒閉的DELTA[25] Dolce Vita系列、經典款的

Parker[26]鋼筆等。「唉……」傳來一聲嘆息。

——是在找某種款式的鋼筆嗎？

砂羽在意的是，男子一點企圖心也沒有。

Medico Penna的客人大多是只要一聊起鋼筆就會開啟話匣子，極度熱愛鋼筆的收藏迷。

還是那天是因為什麼煩惱，想去找店長聊聊呢？

可能因為那天是週末，透馬忙著接待預約的客人，所以他只好放棄離開吧。

砂羽再次觀察男子。

雖然一臉疲憊，裝扮卻十分整潔，西裝沒有一絲縐痕，襯衫也熨燙平整，是自己還是家人幫忙打理門面呢？

「店長，我在N文具中心遇見那個人。」

「哪個人？」

「就是週末中午來店裡，只點了一杯咖啡就坐很久的男子……」

不知不覺間，砂羽稱他是「咖啡男」。

透馬蹙眉。

「砂羽，不可以隨便打探客人的事喔。」

這麼說的透馬撫弄著手上的鋼筆。

「啊，歡迎光臨。」

砂羽想，預約客人來得可真早，原來是池谷先生。身為FUKAMI貿易公司業務員的他因為工作而來倒是順理成章，只見他隨便打了聲招呼，便看向寄售品專區。

因為那一區剛好在透馬工作位置的後面，所以池谷先生的視線是越過透馬的肩膀，落在寄售品專區。

25 戴爾塔鋼筆，成立於一九八二年南義大利，於二〇一七年結束營業，二〇二二年重生。本書日文版出版於二〇二一年，當時尚未重啟經營。下文Dolce有甜美、柔和之意，vita指生命。

26 派克，美國奢華書寫筆製造公司，成立於一八八八年。

「啊，那枝不是FULLHALTER[27]森山先生調整過的Pelikan嗎？居然藏在這麼隱密的角落……天啊，竟然有Sailor[28]創立八十周年紀念款石楠！而且淡色和深色兩種都有，這可是大家拚了命在找的逸品啊！喂，冬木先生，別裝作沒聽見。」

因為池谷先生的聲音大到外頭都聽得見，逼得透馬只好擱下手邊工作，一臉嫌煩似的起身。

然後，從展示櫃取出池谷先生想看的那枝木質筆身鋼筆。

「某位收藏家過世後，遺族寄售的。」

「淺色的比較受歡迎。啊啊，可是這枝的木紋比較好看……要是錯失這次機會，這輩子就很難再買到了。冬木先生……」

透馬看著露出求助眼神的池谷先生，嘆了一口氣。

「知道了啦，我會掛上非賣品牌子。」

「不，沒這必要，我現在馬上帶走這兩枝。」

「這怎麼行，畢竟是難得一見的逸品，肯定有很多人想鑑賞吧。」

「又來了！就是想秀自己拿到的逸品，對吧？」

透馬不由得笑了。

他確實有著孩子氣一面，喜歡享受被客人羨慕到不行的感覺。

「真是有夠狠啊！這種逸品任誰看了都會想要，有人還會願意出高價呢。看來為了以備不時之需，皮夾裡得隨時塞夠錢才行。」

「真是敗給你了。」這麼說的透馬走進後場拿筆盒和保證書。

「對了……我委託的東西。」

包裝完商品，結帳後，這次換透馬催促似的伸出手。

「啊啊，對喔，我差點忘了，就這樣帶回去呢。」

池谷先生把帶來的紙袋放在桌上。以白色和綠色為基調設計的禮物袋上頭印著FUKAMI。

池谷先生取出的盒子上，有張以艾爾斯岩為背景，擺置鋼筆的照片。

27 日本鋼筆製造公司，成立於一九九三年，創辦人森三信彥曾任職於萬寶龍維修、品管和檢驗部門，離職後創業，fullhalter是德文鋼筆的意思。

28 寫樂，為一九一一年創立的日本鋼筆品牌，是第一枝日本國產鋼筆的品牌。

然後是 Aurora 的商標。

Aurora 是義大利最老牌的鋼筆製造商，打造別具獨特之美的鋼筆。Medico Penna 當然會進貨，數量極少的限定款更是搶手的人氣商品。

就在壓抑不住好奇心的砂羽頻頻偷瞄時，盒子裡出現一個木盒，造型精美不輸經典商品的包裝。

可能佯裝打掃的伎倆被識破了吧。只見透馬說了句：「過來看吧。」砂羽開心地拿著撢子奔過去。

砂羽看著，不由得屏息。

看似混合了紅寶石與珍珠的筆身，豔麗得不像是文具用品，更像是珠寶飾品。設計風格大膽卻不庸俗，總之是砂羽從未見過的美麗鋼筆。

看到不該看的東西了。

好想要——

怎麼樣也無法移開目光。

「妳該不會也想要一枝吧？」池谷先生問，砂羽慌忙搖頭。

「看……起來這麼貴的鋼筆，對……對我來說……」

砂羽連價錢也不敢問。

「太貴？只要十張再多一點的諭吉先生[29]就能買唷。不是快到發薪日了嗎？這枝筆已經推出超過五年，市場上愈來愈少見了，所以看到就得買起來才行……也可以分期付款喔，找我商量就行了。」

池谷先生力薦。

「多謝幫忙。池谷先生，對方應該會很開心。」

店長受託尋覓這枝筆的樣子。

究竟是誰？

想要擁有如此美麗的鋼筆。

「不過啊，女人果然都喜歡這種款式。」池谷先生說。

看來是女客人的委託。

砂羽明知不能打探客人的事，卻耐不住好奇。

29 日幣萬元鈔以日本思想啟蒙大師福澤諭吉為正面人物。

「有人覺得以大洋洲為概念而設計的筆身，看起來很像草莓牛奶，我倒是覺得挺像豬五花耶……」

就在砂羽覺得這比喻「很過分」時，透馬替她說出心聲：

「該說是日本人不會有的感覺嗎？國產品中沒看過風格如此強烈的。」

砂羽用力頷首。

這就是對於國產鋼筆的一點點不滿，明明功能與書寫感都不輸舶來品，外觀設計卻差強人意。當然，也有上漆或陶瓷材質的鋼筆，但這類筆款是投收藏迷的偏執所好，像砂羽這樣對鋼筆不太熟悉的女性，實在很難一眼就擄獲芳心。

就在這時，砂羽察覺門口有人。

──是那個人。

那個「咖啡男」。

只見他走進店裡，晃到最裡面的桌子坐下，和之前一樣點了一杯咖啡。

「以 Aurora 的大陸系列來說，我覺得 Europa 很不錯。」

「喔喔，那個像是美國短毛貓的鋼筆。」透馬說。

「美短，是吧？」池谷先生笑問。

「Europa是灰色筆身搭配銀色飾面，造型十分俐落、高雅。天冠綴著藍水晶是它的迷人特色。」

砂羽一邊聽他們閒聊，一邊準備咖啡。當她端著咖啡步出後場時，頓時怔住了。離座的「咖啡男」看著展示櫃，那眼神好空虛。

再一瞧，透馬與池谷先生開始檢視Oceania。這麼一來，一頭栽進去的透馬就會把接待客人的事挪後。

「有看到感興趣的商品嗎？需要幫您介紹嗎？」

砂羽把咖啡擱在桌上後，走近「咖啡男」，主動詢問。男人回頭，睜著陰鬱雙眼看向砂羽。

砂羽驚怔。

有如死魚般的眼神。

在N文具中心巧遇時，男子也是露出這般眼神瞧著展示櫃，嘆了一口氣。

果然他不是想喝杯咖啡待久一點，而是另有原因。

為何不問問店家有沒有他想要的筆款呢？不少客人都會主動說「我在找這種和這種鋼筆」，不然就是「要是有進貨的話，通知一聲」。

「那個，如果有什麼要諮商的，店長可以回應……」

砂羽試著探問。

男子只默默瞧了一眼砂羽。不，他的視線是越過砂羽，望向什麼都沒有的虛空。

「不……好意思，請慢用。」

砂羽只好識相地走開。

池谷先生離去後，他依舊待著。

偏偏這一天沒什麼客人，閒得發慌的砂羽除了偷偷觀察男子之外，沒有其他事可做，而且愈看愈覺得不可思議。

不久，日落西沉，「咖啡男」靜靜起身。透馬保養著客人寄售的鋼筆，男子瞅了一眼透馬手上的鋼筆。

然後，一副失落樣地打開門。

「砂羽，妳顧一下店。」

透馬迅速把手上的鋼筆放回盒子，追出去。

「野並同學。」
砂羽步出教室時，被指導教授喚住。
跟在指導教授身後的她左拐右彎地走過長廊，天花板挑高的昏暗建築物讓人聯想到修道院。
兩人來到面海的研究室，窗外的景色好美。看得到好幾條東西向延伸的鐵軌，另一頭是廣闊無垠的大海，甚至可以遠眺人工島。
背對窗戶的指導教授說：
「妳還沒確定畢業後的出路吧？」
這句話讓砂羽瞬間低下頭。
「我沒有拿到任何錄取通知，所以……」
只能擠出小到幾乎聽不見的聲音。
「也不繼續求職，妳到底在做什麼？」
指導教授一臉不悅地質問。
「我在鋼筆專賣店打工。」

「別打工了，趕快繼續找工作。」砂羽以為會被這麼叨唸，教授卻說：「我去光顧的話，可以算便宜一點嗎？」

「想拜託廠商讓參加司法考試的考生能用優惠價格買到手感好、又適合用來寫考卷的鋼筆，畢竟對專心準備考試的學生來說，鋼筆是一筆不小的支出……」

Medico Penna 的鋼筆定價都是依定價販售，不會給折扣吧。指導教授聽了，難掩失望。況且，如何長時間書寫大量文字又不會疲累的方法、鋼筆與墨水的合適性、如何挑選墨水等，都是學問。

「妳知道嗎？左撇子的考生適合用顏料墨水。」

教授用左手持筆，開始從左到右寫字。

「左撇子橫寫時，手不是馬上會摩擦到文字嗎？所以適合用速乾的顏料墨水，但缺點是筆尖容易堵塞……」

教授似乎忘了原本叫住砂羽的目的，當聽到她說老闆還會幫忙維修、調整鋼筆時，便要了 Medico Penna 的地址。

「我最近都是用電腦，沒用鋼筆，不過家裡有好幾枝老鋼筆，改天去一趟吧。」

砂羽步出研究室後，直接去校園裡的咖啡廳找美海。

坐在角落位子的她正在看書，就是之前向砂羽借的真廣汀寫的小說。

美海瞧見砂羽，闔上書。

「聽說妳被辻少活逮？」

「結果講沒兩句就開始聊鋼筆，沒提太多求職活動的事，還說要來我們店裡。」

美海「哈」地噗哧一笑。

「當完學生直接當老師的辻少爺，哪有求職活動的祕訣可教啊。」

辻少是指導教授的綽號。聽說他是有錢人家的少爺，所以大家給他取了這個綽號。

「對了，妳覺得這本書如何？它在 KAKOYOMO 網站的人氣挺高呢。」

「嗯，很有趣。其實我很少看小說，卻被吸引了。剛好是以我常逛的三宮、元町一帶為舞臺，像是 Evian 的咖啡果凍、元町 Santos 的鬆餅、南京町 Estroyal 的泡芙，好懷念啊。小說裡提到的都是老店，讓我會心一笑……」

美海夾好書籤後，闔上書。

「去找妖精先生吧，我之前說過想挑選墨水。」

雖然今天沒排班，但偶爾以客人身分造訪也不錯。

砂羽突然想起以往沒勇氣走進去，那間位於 TOR WEST 的咖啡廳。

「差不多是推出水蜜桃聖代的時候了吧，買墨水之前要不要去看看呢？」

「HANAZONO CAFÉ 嗎？」

「沒錯！」

有伴就敢走進時尚女孩聚集的咖啡館。

她們興高采烈地搭上電車，但一出了三宮車站西口，沐浴在盛夏烈陽下，便頓時沒勁了。

「今年也好熱喔，夏天的日本根本是熱帶國家啊！」

兩人撐著陽傘走在生田新道。

TOR WEST 恰恰位於三宮車站與元町車站之間，只能頂著豔陽走在街上。

總算走到 TOR ROAD，拐過第一處街角。

登上外牆是褐色磁磚，張著白色遮陽棚大樓的狹窄樓梯，來到二樓的咖啡廳。在可以眺望街景的靠窗位子坐下後，砂羽點了一直想吃的水蜜桃聖代，美海則點了水蜜桃千層派與冰紅茶。

「好好吃喔～～」

互嘗一口對方點的甜點。

吃著冰涼甜點，拜空調之賜，不再冒汗。

悠閒享受完涼意的兩人步出店外。

從這裡前往 Medico Penna 的捷徑是沿著 TOR ROAD 往山側走，再從西側拐進珍珠街。可能是到了做禮拜的時間吧，一群罩著黑色頭巾的女人聚集在清真寺四周。

碰巧沒客人，透馬可以立刻接待美海。

他拿出一本像是相簿的色票本。

前陣子推出新色時，砂羽曾幫忙製作色票本，而且是用玻璃筆書寫。因為一洗墨水就能輕易脱落，所以一次要用十幾種墨水時很方便。

色票本裡名片般大小的卡片不是依廠商分類，而是按照藍色、黑色、紅色、綠色等顏色分類成冊。看著每張卡片上的字，以及用水彩筆繪出的漸層線條，找出自己想要的墨水顏色。

「妳是第一次買酒紅色墨水嗎？那我從墨水的基本知識開始說明。黑色也分成好幾種黑喔。」

透馬翻開介紹黑色墨水那一頁。

「乍看是同一種顏色，但要是像這樣用筆試濃淡的話，就會發現有差異，是吧？有近似灰色的黑，也有貼近藍色的黑。」

透馬說黑色是豐富多樣的顏色。

「鋼筆愛好者之間有『墨水沼澤』這種說法。」

「墨水沼澤？」

砂羽和美海同時出聲。

「喜歡蒐集各種墨水的鋼筆愛好者，對於墨水的癡迷程度就像深不見底的沼澤，一腳踏進無比深奧的世界。」

透馬說，有人是隨手蒐集，有什麼就買什麼；也有那種喜歡藍色墨水，就會不斷尋找自己覺得最美的藍；或是蒐集冠上地名的墨水等。有著各式各樣的墨水迷。

「美海，妳上次帶來的那枝是 Pilot 的 Kakuno 吧？我參展時結識一個人，他擁有各種透明款的 Pilot Kakuno 系列，以為他一定是很喜歡這款式，而且每枝鋼筆的墨水顏色都不一樣，後來才知道原來他喜歡的不是鋼筆，而是墨水。不過 Kakuno 的 CP 值高，也不難理解啦……」

透馬一臉遺憾似的說。

MONTBLANC 的鋼筆另當別論。其實只要一萬多日圓就能買到國產的 K 金製鋼筆，但砂羽覺得要價超過一萬日圓的文具用品頗奢侈。

「聽說他為了蒐集專賣店推出的自家品牌墨水，特地從國外來看展，真是嚇一跳呢。我對墨水沒那麼講究，只要是經典藍或黑色就行了……對了，美海決定好想要的顏色了嗎？」

「要想提升桃花運，就要選粉紅色，對吧？」

透馬翻開介紹紅色系墨水那一頁。

「不只顏色，也要考量與紙張的契合度，好比墨水會不會透到下一頁等等……所以最好先確定要用什麼材質的紙。」

「我沒想這麼多耶。」因為美海這麼說，所以先從一般物件中挑選。

「嗯……果然還是粉紅色和筆最搭吧，可是這款酒紅色也好好看喔。砂羽，妳覺得呢？」

「反正只要把筆清洗乾淨後就能換墨水顏色，妳就隨意挑選吧。」透馬這番建議卻讓美海更迷惘，最後總算鎖定 Pilot 的色彩雫系列「杜鵑花」與「山葡萄」這兩款。

「還不錯……店長，你覺得呢？」

「『杜鵑花』很適合用於標記之類的用途，因為顏色類似粉紅色螢光筆。我也很推薦『山葡萄』這款較為沉穩的顏色，用這顏色寫信時，感覺很典雅，和妳現在用的那枝Nice・Lilas也很搭。啊，妳還是比較想要粉紅色，是吧？」

「哎唷，好難決定喔，就照店長推薦的吧。」

難以抉擇的美海最後選了透馬推薦的墨水。

透馬當著美海的面，轉開鋼筆的筆頭，裝上附贈的吸墨器，然後取出裝在盒子裡的全新墨水瓶。

打開瓶蓋，逆時針旋轉吸墨器的旋鈕，裡頭的活塞下沉。

「確定嗎？要填充墨水了。」

透馬再次向美海確認後，讓筆尖浸入墨水瓶。

筆尖完全浸入後，像方才那樣順時針轉動旋鈕，開始吸取紅色墨水。「這時要注意別讓筆尖抵到瓶底」、「要慢慢地吸墨」透馬叮嚀著。

吸足墨水後，再逆時針轉動旋鈕，只見兩、三滴墨水落入瓶中。然後保持筆尖朝上的狀態，順時針轉動旋鈕，活塞完全上升。

「這麼一來，就不會突然出墨。」

接著，透馬用放大鏡檢視筆尖，再讓筆尖在便條紙邊邊壓一下，應該是在調節什麼。

「好了，試寫一下吧。」

接過鋼筆的美海在試筆紙上寫字。

「哇，好好寫喔，怎麼弄的啊？」

並未詳細說明的透馬露出有點嚴肅的表情。

「之前也說過，要善待鋼筆喔。」

美海曾經像潑水似的，粗心地讓鋼筆掉在筆盤上，被透馬叨唸。

而且美海那枝 Nice・Lilas 理應收在筆套裡，但她每次都要翻找包包才找得到筆，八成是隨手塞進包包吧。

總覺得她要是不改掉這種粗枝大葉的毛病，很難提升桃花運。

「砂羽，不好意思……我得擺貨，妳可以幫忙看一下店嗎？」

「可以啊，我們坐在這裡聊天，您去忙吧。」

透馬旋即走進後場。「擺貨？」美海問。

「就是把放在後場的庫存品陳列出來，畢竟有些商品比較賣不出去，算是替換吧。」

傳來吱嘎的開門聲。

明明今天不是打工日，砂羽還是反射性地說了句：「歡迎光臨。」

「咦，今天不是週末啊，怎麼回事？砂羽。」

原來是FUKAMI貿易的業務員，池谷先生。

「冬木先生呢？」這麼問的池谷有點心神不寧，迅速走向寄售品專區。

透馬從後場走出來。

「喔，午安，我正忙著擺貨。」

「我來幫忙吧……怎麼回事啊？這麼多商品。」

池谷似乎瞧見那位女客人堆在後場的寄售品。一聽到是寄售品的他立刻擱下手邊工作，問道：

「那些都是同一個人帶過來寄售的嗎？」

「是啊，網羅每一年的熱門商品和限定款。」

「是喔。總覺得收藏方式沒什麼脈絡可循，是那種一看到中意的就一網打盡吧。」

池谷先生說收藏品可以反映持有者的個性。有人喜歡同一個廠商推出的不同款式，也有人偏好收藏一系列素材與顏色；或是廠商和製作年份不同，但一眼望去，能感受到相同的氣息與氛圍。大抵是這樣。

「那種上網狂買研磨、維修得很漂亮的鋼筆的傢伙，才不是收藏家。」

池谷先生滔滔不絕地說著自己回老家或有時飛去英國挖寶，從古董店、倉庫找到滿布塵埃的鋼筆，或是以划算價格購得造型精巧有如工藝品，要價「百萬日圓」的逸品，抑或是發現刊載在廠商的商品型錄中的原創款時，那種難以言喻的興奮感。

「這對收藏迷來說，可是一大樂趣呢。」

這時，砂羽發現手肘被拉了一下，耳邊響起囁語聲：「介紹一下。」

池谷先生給人的好感度不輸某知名主播。砂羽她們最初造訪是五月，明明已經過了兩個月，美海還記得池谷先生。

「池谷先生，這是我朋友……」

「我們之前見過一次。你好，我叫山口美海。」

美海擺出討人喜歡的神態，接話回應。

只對鋼筆感興趣的池谷先生卻僅回了句：「喔喔，妳好。」

吃了閉門羹的美海有點可憐，只能說時機不對，畢竟現在的池谷先生眼裡只容得下鋼筆。

「還真是蒐集了各種風格的鋼筆啊。」池谷先生喃喃自語。

「池谷先生蒐集了上百枝鋼筆不是很厲害嗎？」

「差得遠呢！砂羽，我蒐集了三百枝鋼筆，參加同好會時還被視為小咖。」

這麼說的池谷先生初次看向砂羽她們。

「我本來就不是那種對自己的收藏品每枝都愛不釋手的人，也會有那種搞不懂自己當初幹嘛『乾脆買一盒』的鋼筆。妳們應該也會這樣，不是嗎？特地花錢買的衣服卻不穿，連吊牌都還留著地掛在衣櫃裡。所以心態一樣啦，就是一種病。」

半自嘲的池谷先生微笑地看向美海。

光是這樣，美海就雀躍萬分，肯定覺得剛買的墨水發揮了效用吧。

池谷先生突然看向別處。

砂羽也跟著回頭，瞧見有個黑色人影，不由得「哇」的悄聲驚呼。

瞬間以為是鬼魂而嚇到的她，赫然發現站在門口的是「咖啡男」，趕緊出聲招呼。

「歡迎光臨，您好……」

砂羽怔住。

咖啡男的臉色明顯比之前看到時更差，神情僵硬的臉上浮現大量汗珠。

「您沒事吧？」

就在砂羽不知所措地看著身體狀況不太妙的咖啡男時，身後響起透馬的聲音。

「請進，我正在準備陳列新品，有很多寄售品，您要不要看一下呢？」

透馬居然擱下手邊的工作，招呼客人。

「前幾天有位女客人帶來一些寄售品，不過還沒和她商議好售價就是了。都是些狀況非常好，沒用過的二手鋼筆呢。」

不知為何，咖啡男向右轉身準備離去時，卻被透馬挽留。

「還請您務必看看。」

砂羽滿腹狐疑。

第一次看到透馬那麼積極招呼客人。

「搞不好有您在找的款式喔。」

透馬招呼男子走近展示櫃，指著那處放置女客人帶來紙袋的角落。

「啊……」

男子低吟一聲，伸手拿起 Henri Charpentier 的紙袋，確認一下內容物後，開心地笑了。

「還有喔。」

透馬拿出所有放在後場保管的寄售品。

「請看看盒子裡的商品。」

透馬逐一打開盒蓋。

只見男子霎時回復神采，卻僅只一瞬間而已。

「這是您的東西吧？」

被透馬這麼問的男子怔了一下，旋即搖頭。

「請趕快賣掉吧，我不需要了。麻煩你了……趕快賣到我看不到的地方……不想再看到了。」

透馬的神情變得陰鬱。

砂羽也很難過。

勢必花費不少時間與金錢才蒐羅到這麼多鋼筆，現在卻說一點也不想再看到。

要是表明想買新的鋼筆，或是用不上了、厭倦了之類的還能理解，但這句「不想再看到」究竟是什麼原因呢？

「不好意思。」

突然，有位女客人慌張地推門進來。

「老公……」

女人一看到咖啡男，「哇」的一聲哭出來。

「惠美，妳怎麼會來這裡……」

「有人聯絡我，說你來這裡，所以我趕緊過來。」

這位名叫惠美的女子流淚喊道。

「是我聯絡的，不希望發生任何憾事。」

透馬的聲音打破兩人之間的緊張氛圍。

「幫兩位準備咖啡，坐下來好好談一談，如何？」

這麼說的透馬向砂羽使了個眼色。

「那對夫妻和好了嗎？」

在每週一次的研討小組聚會上，美海問砂羽。

那天在透馬的催促下，砂羽為他們煮了兩杯咖啡。不過，因為是夫妻之間的事，所以砂羽她們很識相地先行離開。

後來才從透馬口中得知事情原委。

「咖啡男」名叫菱田先生。

那天倉皇衝進店裡的惠美女士是他的太太。一直對丈夫的興趣深感苦惱的她，想把丈夫最愛的收藏品全數賣掉。

菱田先生得知自己心愛的鋼筆全被處分掉，深受打擊，也知道兩人肯定會為這件事大吵。菱田先生氣歸氣，還是向妻子道歉：「對不起，一直以來給妳添麻煩了。」

沒想到妳這麼討厭這些東西。

也傷害了妳。

後來，他把手邊僅剩的愛用鋼筆，以及另一枝雖已壞掉，卻仍舊收藏著的鋼筆也賣掉了。因為筆尖是十四K金、十八K金，甚至還有二十一K金，所以有鋼筆專賣店願意收購。

但，事情並未就此結束。

菱田先生乾脆地處分掉愛筆後，又接著整理身邊的東西，不僅清理書籍和衣服，連照片還有旅行時買的紀念品也扔了。

只剩下上班要穿的西裝、襯衫和領帶，寥寥幾件家居服與內衣褲，以及工作用品和公事包。彷彿生前就在整理遺物。

某天，他瞞著惠美女士，偷偷辭職的事曝光了。

也就是說，菱田先生佯裝出門上班，結果是來 Medico Penna 和街上的文具店閒晃。

「店長悄悄尾隨菱田先生回到住家，發現和帶鋼筆過來寄售的女人給的地址一樣。於是，他告知菱田太太這件事。菱田先生白天來我們店裡一待就待很久，也去了其他鋼筆專賣店消磨時間。」

「是喔……」美海露出不以為然的表情。

「自己珍藏的東西被扔掉確實打擊很大，但也沒必要連工作都辭了啊……收藏迷還真是莫名其妙，難以理解的生物。」

「池谷先生也是狂熱收藏迷喔，搞不好也會發生這種情況……」

「咦？那不行啦。」

「美海有自信能理解這種嗜好嗎？」

「啊……」

砂羽看著抱頭苦惱的美海，想起一件事。

「我啊，曾看過好幾位忍痛割捨珍藏品的客人。」

說這話時的透馬一臉哀傷。

割捨的理由因人而異，有人因為公司破產或大環境不景氣，收入銳減；也有人是為了因應生活環境改變。他們充滿遺憾與無奈的神情烙印在透馬的眼底。

其中，有些人即使賣掉鋼筆也改善不了處境，而選擇自殺。所以當透馬察覺惠美女士帶來的寄售品是菱田先生的收藏時，立刻想到最糟的結果。

「雖然知名企業招募人才的活動已經結束，不過秋天還有幾家會招募就是了。」

隔著桌子坐在對面的職涯輔導中心職員一邊打電腦，安慰似的說。拿著各種研討會資料的砂羽步出職涯輔導中心。

隨手將這些資料扔進垃圾桶。

就算參加研討會，人生也不會好轉。辦事人員只會勸說「做些什麼，充實自己」，提點那些沒被任何公司行號錄取的可憐學生與家長們沒注意到的地方罷了。

砂羽搭電車前往Medico Penna。

推開厚重木門，瞧見「咖啡男」菱田先生又來店裡。

桌上擱著咖啡杯，應該是透馬煮的吧。

今天的菱田先生穿著顏色不同於以往的襯衫，帶點粉紅色的襯衫襯托他的白皙肌膚，氣色看起來好多了。

「歡迎光臨，您好。」砂羽主動打招呼。

菱田先生回過頭，不再是陰沉的眼神。

「需要再來杯咖啡嗎？」

「謝謝。讓冬木先生和妳替我擔心，不好意思……」

這番出乎意料的回應讓砂羽詫異不已。仔細想想，這還是她初次和菱田先生順暢談話。

「您客氣了。」

砂羽趕緊收拾，又端來一杯咖啡。

「那個……現在還好嗎？」

砂羽戰戰兢兢地問，菱田先生笑著回道：

「嗯，想辦法囉。」

表明自己要重新振作，目前以派遣人員身分在工廠工作。工廠有提供員工宿舍，所以夫妻倆分居的樣子。

「我們商量後，覺得稍微分開一下比較好。」

又看向展示櫃的菱田先生突然想起什麼似的看向砂羽。

「妳是大學生吧？應該要開始準備求職了吧？」

「這個……」

砂羽坦白表示自己明年春天就要畢業了，卻還沒有任何一家企業錄取她。

「真的很難為情啊，身邊好友都已經決定好畢業後的出路了，只有我還沒……」

「是喔……肯定很不安吧。」

以為話題會就此告一段落，沒想到菱田先生又說：

「其實不少剛畢業的社會新鮮人往往待不到一年就辭職了，可能是因為沒被分發到自己想進的部門，或是遇到黑心企業……現實往往與理想有差距，很多事進了公司之後才會明白。」

菱田望向別處，像在說給自己聽似的。

「我從高中開始蒐集鋼筆。」

第一枝鋼筆是親戚祝賀他金榜提名的賀禮。菱田先生瞇起眼，一臉懷念地說：

「現在想想，雖然不是什麼昂貴的鋼筆，但光是用鋼筆寫字就覺得自己是大人了……」

用零用錢或打工賺來的錢，購買便宜的國產不鏽鋼製鋼筆、K金鋼筆，就這樣一枝枝蒐集，有時也會上網買古董筆和絕版品。

「當了上班族之後，可以花用的錢變多了，買筆的頻率也跟著拉高。」

起初是因為有臨時收入或獎金入袋才買筆，但從某個時期開始走火入魔。

「就連求職也鎖定文具用品製造商去應徵呢，無奈沒有一家錄用我……那時正值就職冰河期，只能先待在小公司。畢竟都讀到大學了，不工作不行，這麼想的我只好向現實妥協，把鋼筆當作興趣……」

不是最想進的公司，也不是想做的工作，但菱田先生告訴自己要轉念，這樣一待就待了好幾年。

無奈這間員工只有四十幾個人的小公司，不但缺乏管理制度，身為老員工的主管還經常講話冷暴力，職場環境十分不健全。

因此，不少員工紛紛辭職，勉強留下來的菱田先生只能看上司的臉色過活，忍受令人快要窒息的公司氣氛。後來他和外送便當來公司的惠美女士相識，步上紅毯。

「現在回想，我和惠美在一起後，蒐集癖開始變本加厲。」

已婚的菱田先生更是成為上司語言冷暴力的箭靶。

「他可能是認為我結了婚，有了家庭責任，不會為了一點事就輕易辭職……其實我只是錯失辭職的時機罷了。」

菱田先生覺得往後大概都得過著這樣的生活。

於是為了宣洩壓力，他開始買筆、蒐集鋼筆。因為零用錢不夠，只好動用每個月從薪資提撥的存款，結果還是填補不了欲望，甚至積欠卡債。

尤其迷上在拍賣網下單的感覺。明明都不是自己真正想要的東西，一回神，卻發現債臺已經高築。

「我得先還債才行……才能和惠美恢復以往，一起生活。」

菱田先生無奈地乾笑幾聲。

這種事對於還不是社會新鮮人的砂羽而言，實在很難想像。

「得知那些鋼筆被惠美處分掉時，我真的覺得一切都無所謂了，索性辭了工作……但即使這麼做債務也不會消失，沒了薪資收入，只是更逼死自己罷了。我到底在幹什麼啊，已經不曉得活著有何意義。」

明明說的是沉重之事，菱田先生的表情卻有如揮別陰霾般的清爽。

「不過，我學到一件事，那就是不一定非得收藏，只要來這裡就能看到許多鋼筆。幸好就算我什麼都不買，這間店的老闆也不會說什麼。」

難不成透馬看到什麼？

他身上背負的重擔嗎？

「對我來說，最重要的不是鋼筆，而是一個讓自己安心待著的地方。」

菱田先生那擱在桌上的手機響起收到電子郵件的通知聲。他確認對方是誰後，立刻回信。

「我會再來的，咖啡好喝，多謝款待。」

菱田先生把手機塞進口袋，微笑頷首後步出店外。

「他會就這樣和另一半離婚嗎？」

透馬並未回應，只是喃喃道：

「結果菱田太太帶來的鋼筆全都寄放在我這裡。」

「您要拿回去嗎？」透馬曾詢問菱田先生，卻被婉拒。

對菱田先生來說，鋼筆不單是物品，也是有如支撐他心靈的防波堤；之所以願意全部放手，是因為決定和太太共度餘生嗎？不是寄託於物品而活，而是與活生生的人一起面對人生——

「無論是鋼筆還是家人，都不能置之不理，要每天使用、保養，看看有沒有哪裡出問題。要是不多加注意，勢必會出狀況。正因為是夫妻，是家人，很容易親暱生侮慢，更要努力維持良好關係。」

砂羽在心裡喃喃自語。

——我家也是如此。

在老家時，只要母親一生氣，就算自己沒有錯，砂羽也會趕快認錯。有時忍不住回嘴，想要表達意見，母親總是充耳不聞，所以她只能忍耐聽從。

所以，砂羽決定了。

她不想再勉強自己配合，決定緊閉心扉，和家人保持物理性的距離。

「菱田先生下次買鋼筆時，也許新人生已經步上正軌了吧。若是這樣的話，希望我們店能幫上什麼忙……不，或許那時他已經不需要鋼筆了。」

這麼說著的透馬輕輕撫弄著手上的鋼筆。

「店長……我也有想賣掉的鋼筆。」

父母送她的那枝 MONTBLANC 鋼筆。

「為什麼？多可惜啊。」

「請聽我說，我……畢業後不想回老家，想一個人生活。」

透馬並未回應，靜待砂羽繼續說下去。

「我爸是律師，認為讀法學院的我將來要參加司法人員特考，所以買了那麼昂貴的鋼筆送我。其實我媽反對我離家生活，但因為我照我爸的期望上了理想的大學，所以他幫忙說服我媽，可是……」

砂羽握緊拳頭。

「可是我上了大學後，發現自己找不到任何想做的事，當初只是想離家生活，才選擇就讀現在這所學校……其實我一點也不想去我爸的事務所工作，也不想參加司法考試，一點也不想為這些而念書……所以我覺得那枝 MONTBLANC 鋼筆應該給需要的人，去適合它的人身邊才會幸福。」

砂羽曾帶著這枝鋼筆去企業應試，但那之後就束諸高閣了。

「我明白了。若是這樣的話，我可以幫忙處理。要是有人想收藏，應該很快就能賣掉。」

砂羽頓覺心裡的疙瘩消失。

「店長，還有件事想請你幫忙。」

砂羽嚥了嚥口水。

卻遲遲說不出口。

請幫我用賣掉 MONTBLANC 鋼筆的錢，選一枝適合我的鋼筆。砂羽很想這麼說。

鋼筆有著改變人生的力量，要不要試著改變你的人生呢？

但對於砂羽來說，現在最需要的不是鋼筆。

「怎麼了，還有什麼事嗎？如果我能幫忙的話。」

透馬抬頭，那宛如貓頭鷹般的睿智面容看著砂羽。

那張臉讓人忍不住想掏出心裡話。

妳想說什麼？

「我畢業後想繼續在這裡工作。」

這番意料之外的話讓透馬瞠目。

「妳的意思是……不是打工，而是轉正職？」

「是。沒辦法嗎？」

透馬雙手交臂。

「我的店不大，今後也沒計畫擴店，所以能付妳的薪資不高。莫非，妳還沒確定畢業後的出路？」

砂羽頷首。

「是喔……這就傷腦筋了。要不要去學校的就業輔導中心，或是問問學長姐有什麼建議，也許嘗試不同的行業……呃，這些妳應該都已經試過了吧……」

雙手交臂的透馬似乎在思索什麼似的閉上眼。

「抱歉，我也想幫忙，但不想做不負責任的事。」

「沒關係，是我厚臉皮地拜託店長，我才不好意思。明明沒拿到任何錄取通知還大言不慚。其實我……參加了好幾間企業的人才招募，卻沒有一間想去；不，應該說只有一間公司讓我感興趣，可惜沒應徵上……」

砂羽腦中浮現社長親自面試，位於河畔的那間公司。

「也許這麼說有點多管閒事……我覺得妳應該想想自己喜歡什麼，想做什麼，這樣比較好。」

從那之後，不斷反芻這句話。

「參加求職活動後，我發現自己的興趣、感興趣的事都和工作無關。」

砂羽喜歡讀小說，卻沒想要寫小說，也不曉得如何成為文藝評論家或書評家，沒想過這種事。

「我和我媽的關係不太好，一心只想逃離她，所以才選擇就讀現在這所學校，但學費並不是我自己付的……所以，不會有人想雇用我這種做什麼都半調子，又不獨立的人吧。」

透馬輕輕將手上的鋼筆擱在筆盤上。

「我覺得妳對兩件事的認知有誤。」

「嗯？」

「首先，世上不是所有人都靠自己喜歡做的事維生，多的是長時間做著自己不喜歡、也沒想過要做的工作，但久而久之就變成這方面的專家的人。我在妳這個年紀時，也沒想過自己會做和鋼筆有關的工作。」

「……」

「妳還年輕，應該在和自己有緣的方面多學習，在那些方面找尋自己的天職就行了。」

這番話還真是老生常談。

若非出自透馬之口，而是職涯輔導中心職員的話，砂羽肯定嗤之以鼻；但此刻這番話卻在她的心裡迴盪。

「還有一件事，家人一定要感情融洽嗎？」

透馬凝望遠處。

「我不知道別人怎麼想，但我認為會煩惱自己和家人關係的人，是可以信任的人。妳想想，事業成功、人生精采的人，說不定是自己過著隨心所欲的生活，卻勉強家人接受不合理的要求。相反的，有人懷著無法逃避的痛苦，被家這個牢籠囚縛。所以那種一派天真地說我們家感情很好的人，實在不怎麼能令人產生共鳴……我是這麼覺得啦。」

「總覺得……被拯救了，因為我一直覺得討厭父母、無法心懷感謝的自己很差勁……」

「至少妳已經想通了，決心割捨父母送妳的 MONTBLANC 鋼筆。」

砂羽想起透馬說過的話。

「就我看來，妳好像還不想長大。」

那時的砂羽厭煩家人的束縛，卻又留著父母送她的鋼筆；明明已經離家，心卻還在父母身邊，透馬看透心境如此曖昧的她。

「我有稍微長大了嗎？」

透馬沒回應。

一瞧，原來他正在用放大鏡檢視筆尖，一副「這話題就到此為止」的態度。

第四話

走自己的路

七月

會場的入口裝飾著祝賀花圈，賀牌上寫著「祝賀四方純老師出道三十周年紀念講座」。

包括橋口博子在內，參與這次在書店舉辦講座的人全是女性。會場座無虛席，坐在第一排的博子忙著做筆記。

端坐講臺上的是戴著黑框眼鏡，身形壯碩的男子。他的脖子上掛著寫有「四方純」的名牌。

或許因為筆名與作風偏中性，不少人以為四方是女作家，其實是個魁梧到讓人聯想到美式足球員、年近六十歲的男人。畢竟本人的模樣和作品風格差異甚鉅，難怪書封折口沒放上作者的近照，上網也搜尋不到照片，就是所謂的蒙面作家吧。今天的講座也禁止拍照。

「接下來開放提問。」

主持人看向觀眾席，有位女子迅速舉手。看起來比博子年長許多，身穿綴著荷葉邊與百褶設計的洋裝，外罩一件針織衫。

「四方老師，您好，我從國中就是老師的書迷……」

與其說是提問，不如說是表達熱情。

起初一臉認真聆聽的主持人，到後來也試圖找時機打斷這位女書迷的發言。

作者則是神情僵硬。

是因為個性內向，不善言辭嗎？不時得靠主持人化解尷尬氣氛，彷彿他是被強迫坐在那裡，話實在少得可憐，根本是靠女主持人撐場子。

從他手裡編織出的卻是博子無論怎麼努力都寫不出來的奇幻故事。人工智慧與異形生物竟然與人類並存於世，作者用彷彿隔著一層薄紗窺看似的虛幻文體，描寫這種近未來日常；而異形生物們的互動，比人與人之間更溫柔、更寬容。

用豐富語彙紡出這般故事的作家竟如此寡言木訥，讓博子感覺親近。

「講座即將告一段落，最後請四方老師以一句話為這次的活動畫下句點。」

以優雅手勢握著麥克風的女主持人看向坐在身旁的四方。

只見以為講座已結束，正闔上小抄的四方驚呼：「咦？」顯得不知所措，台下讀者見狀，紛紛微笑以待。

「呃……一句話？一句話啊……」

「您一時反應不過來，是吧？」

主持人苦笑。

「那這樣好了，對老師來說，小說是什麼？請用一句話形容。」

四方沉默半晌後，喃喃道：「日常生活的一部分……吧。」

一副不解為何要問這種無聊小事的模樣。

「也就是和呼吸一樣自然的存在，是吧？既然如此，那就請老師寫出更多作品和我們分享囉。」

主持人做了個漂亮結尾，講座結束。

「接下來是簽名會……」

提著裝有禮物的紙袋、鮮花與手寫信的女粉絲們捧著四方的著作，排隊索取簽名。可能是下班後趕過來的吧，隊伍裡不乏身穿套裝的女子，但即使是她們，看起來私底下也喜歡以質地輕柔的襯衫搭配飄逸裙子的穿搭風格。

排在博子前面的女人滔滔不絕地說著四方的每部作品，只見低頭蹙眉的作家羞紅著臉。

——好可愛喔。

有如一向棲息在森林深處的熊硬是被拖出來示眾般，一臉不知所措樣。

輪到博子了。

博子正要掏出名片匣自我介紹時，從旁傳來聲音。

「不好意思，今天純粹簽名而已。」

身穿書店制服，戴著薄手套的女子悄聲說。

「啊，抱歉……」

女店員接過博子遞出的書，順手把翻至奶油色扉頁的書輕輕放在四方的面前。

四方熟練地簽名。

博子不由得被他手上的東西吸引。

他用的是一枝橘色調鋼筆，那貴氣十足的金銀綴飾筆尖彷彿與四方的大手合而為一，順暢地在紙上滑行。

要問什麼問題比較好呢？

不，比起訴說自己對作品的感想，自我介紹更重要。啊啊，要怎麼開口呀……

不知是否感受到博子的視線，四方突然抬頭。

「怎麼了嗎？」

以為是緘默的岩石，居然主動開口說話。博子詫異的同時，忍不住脫口而出：

「呃，那個……好美的鋼筆。」

「這個？」

四方瞅著自己的手。

「莫非妳喜歡鋼筆？」沒想到會被這麼問的博子頓時腦子一片空白。

「那……那個……我也寫小說……想說一定要好好買枝鋼筆……」

——啊，我真蠢，幹嘛說這種事。

「同行嗎？」

「不是！只是興趣，興趣而已，不過總有一天……」

「立志成為專業小說家，是吧？加油。」

四方的眼神很溫和。

「說到鋼筆，神戶有一間很有趣的店，我來這裡之前抽空去了一趟。妳也是手寫派嗎？」

博子面對有別於講座時的寡言，突然變得饒舌的四方，十分困惑地思索著。或許他是那種一旦聊起自己有興趣的事就能暢言的人吧。

「不、不是，我用電腦。」

「我也是從十年前學會用電腦後，就一直用電腦寫小說。不過發想點子時，還是用鋼筆寫在素描本大小的紙上，用字體偏粗的鋼筆把想到的東西像流程規劃那樣逐一寫下來……」

「不好意思，後面還有人在等。」

站在博子身後的書店店員悄聲說。

這番話看似提醒博子，其實是說給聊得起勁，忘了正在進行簽名會的四方聽。

四方思忖片刻後，在自己的名字下方寫了一行字：

Laufet, Brüder, eure Bahn.

語文能力不太行的博子只知道這行字並非英文。

「謝謝妳今天來。」

四方把簽好名的書推向坐在一旁的女子。她應該是出版社的編輯吧？只見她熟練地在簽名上蓋章。

四方準備離開會場時，「看到老師真的好感動！」身後傳來的高呼聲刺著博子的背脊。

一回頭，看到面色羞紅的四方低著頭，喃喃說了句：「謝謝。」

博子出了元町車站的東口，經過 Isuzu Bakery 的櫥窗，沿著鯉川筋往南走。

兩人約在舊居留地的大丸鐘塔碰面。桂木小姐投宿在附近的飯店，所以早就到了。行李箱委託宅配運回東京的她一身輕便樣。

早上在充滿懷舊氣息的榮町與海岸通一帶散步，原本想一邊吃肉包，一邊逛逛南京町，但桂木小姐突然提議：「先去飽餐一頓吧。」

她說昨天和一位住在神戶的作家碰面，對方說：「順德的蔥汁蕎麥麵很好吃，超級推薦。」

「他說那間是名店，一定要早點去。」

兩人不由得加快腳步。

回到元町車站，走過高架橋下方，拐進一處街角。
「哇，來遲了。」桂木小姐驚呼。
還沒開店，店外已經有大約二十個人排隊。兩人排在隊伍最尾端，馬上又有人陸續加入。
排在博子她們後面的觀光客熱烈討論電視節目介紹的「神戶森谷的可樂餅」。
店外已大排長龍，開店後依序帶位。兩人只等了約莫十分鐘，就被安排坐在二樓的位子。因為是四人座，所以和另外一組客人併桌。他們也是點蔥汁蕎麥麵，湯頭清爽，淋上幾滴香氣十足的油。
用完餐的她們在 TOR WEST 散步。
TOR ROAD 與鯉川筋之間的狹窄範圍內，重新翻修的老建築連棟相依，有服裝店、生活雜貨店等，還有隱身在大樓二樓可供暫時歇腳的咖啡廳。
桂木小姐在六月樓與 Modernark pharm café 門口拍照。
漆成白色的窗框與露台，拱形玄關，四處擺置的橄欖與迷迭香營造出清爽綠意。
「這裡好有趣喔，以為夾著鐵軌的另一側是中華街，沒想到還有那麼自然樸實的咖啡廳和生活雜貨店。」

桂木小姐驚訝地東張西望。

「神戶從以前就有著不一樣的氛圍，有種洗鍊感……」

博子的老家因為大地震而搬離神戶，遷居到離梅山、難波比較近的地方，但作風一向時髦的母親因為「喜歡用和別人不一樣的東西」，所以常專程來神戶購物。

今天要往北走，逛逛來神戶必訪的觀光聖地TOR ROAD。

連結舊居留地與山手，長約一公里的TOR ROAD，往北直走就能抵達以異人館聞名的北野町山本通。

江戶末期藉著神戶港開通之際，打造了一處外國人居留地，在這裡工作的外國人都住在北野一帶，所以TOR ROAD是一條別具歷史風情的熱鬧街道。神戶俱樂部、中華會館、聖米迦勒國際學校等，位於神戶唯一連結海與山的坡道上的建築，還保有神戶的舊時風情。

「山好近喔。」

這麼說的桂木小姐仰望穹蒼。

沒有任何遮蔽物的情況下，陽光毫不留情地直射，只走幾步路就冒汗。

今年的梅雨季短促，從六月下旬就酷熱得彷如夏季。一想到時序進入八月勢必更炎熱，就覺得鬱悶。

反觀桂木小姐那雙穿著平底鞋的小腳，踩著輕快步伐爬坡。寬領白襯衫搭配黃色長裙的裝扮分外醒目。

「寫作進度如何？」

口氣雖溫和，卻聽得出語帶焦慮。

自從在大阪的飯店見面後，兩人一直有聯繫。遲遲沒收到稿子的桂木小姐終於耐不住地提議：「與其猛鑽牛角尖，不如外出探訪會更有效率喔。」於是促成今日同遊。

「對了，今天不是要帶我去一間店嗎？」

但，不是桂木小姐想的那種甜點店或咖啡廳。

「啊，在那裡拐彎。」

走過舊北野小學，改朝東北方向前進。

來到東西向馬路，便能瞧見穆斯林的清真寺，以及清真餐廳、辛香料雜貨店等。

「我覺得比起剛才逛過的鬧區，像這樣稍微遠離市區的地方更適合作為故事舞臺，讓讀者感興趣上網搜尋，來趟聖地巡禮。或是像日向老師那部翻拍成電影的小說《蛋糕偵探》也不錯，那部小說是以橫濱為舞臺。」

「《蛋糕偵探》……我不會寫推理小說。」

「不試試看怎麼知道呢？」

「不行，真的不行。」博子慌忙搖手。

「別把什麼事情都想得很難，細心描述充滿魅力的街景，再加一點推理元素就可以喔。神戶雖然不大，但是很有特色的城市，不是嗎？只要描寫能夠表現神戶風格的東西就行了。比方說，以明治時代來到日本，與日本人結婚的外國老奶奶開的蛋糕店為故事背景，主角是她的孫子，這間蛋糕店因為販售老奶奶的家傳甜點而成了人氣店，主角還幫助當地居民解決各種小事的故事。」

博子不禁失笑，似乎讓桂木小姐不太高興。

「只是舉例而已。我們無法看見作家腦子裡構思的故事，所以要是沒有稿子可看，根本幫不上忙。」

「就在那裡。」

博子像要轉移話題似的拐進一條巷子，走向兩層樓公寓住宅區的深處，巷弄呈弧線式彎道。

「哇……」

桂木小姐詫異不已。

住宅區突然迸出童話故事的景象。

「哇，不會吧?!」

門口異常狹窄的建築物，有漆上白漆的兩段式窗戶，還裝上淺紫色百葉窗。門前擺了好幾個隨時都會傾倒似的盆栽，可愛的夏季花兒搖曳著。

「這裡很不錯呢，真的很不錯……這是咖啡廳嗎？」

桂木小姐湊近瞧著貼在門口立牌上的一張紙。

鋼筆有著改變人生的力量，要不要試著改變你的人生呢？

「賣鋼筆的店？」

「進去吧。」

博子率先步上石階，推開門扉，響起吱嘎聲。

明明外頭晴朗炎熱，店內卻一片昏暗，透著涼意。

店裡空無一人，老闆的位子收拾得很乾淨。

「真的有營業嗎？」桂木小姐一臉狐疑。

這時，從後場傳來水流聲，還有陶器碰撞聲。不一會兒，水聲隨著關水龍頭聲一起消失。

從後場走出來的是正用毛巾擦手的工讀生砂羽。

可能是沒想到有客人登門吧，只見正在伸懶腰的她瞧見博子她們，「啊」的驚呼一聲，當場愣住。

砂羽身穿感覺清爽的白色無袖襯衫，沒上妝的臉還很稚嫩。

「妳好。」砂羽認得博子。

「老闆碰巧出差……」

「今天只是帶朋友過來看看而已，我們逛一下喔。」

桂木小姐環視店內商品，目光停留在繪有眼鏡插圖的筆記本和便條紙上。

「這是老闆從東京帶回來的東西。」砂羽說明。

「是喔，不是神戶出品的嗎？」

雖覺得可惜，桂木小姐還是買了這兩樣東西。

砂羽取出咖啡色信封袋模樣的包材，熟練地包裝著。包材上有橡皮章蓋的店名。

「這裡是賣鋼筆的店沒錯吧，怎麼沒看到鋼筆呢？」
桂木小姐四處張望。
一般鋼筆專賣店會擺置玻璃展示櫃，或是沿牆設置陳列架，這裡卻不是這麼做。
「在這邊，請。」
砂羽走向陳列著紙製品的寫字桌。桌子兩旁有書櫃，架上並排陳列著鋼筆。桂木小姐興味盎然地瞧著，取出看中意的鋼筆。
「可以試寫？」
單刀直入的語氣雖然不是太有禮貌，但桂木小姐似乎對鋼筆頗為了解。
「馬上為您準備。」
桂木小姐並未被安排坐在透馬用來待客的書桌前，而是擺在最裡面的一張美麗木紋桌。落坐的同時，時鐘響起報時下午兩點的樂音。
盛著鋼筆的筆盤置於桌上，接著準備墨水與紙。
桂木小姐選的是造型洗鍊的銀色鋼筆。
「這枝是 Pilot 的 Silvern，材質相當華美，純銀打造……」
摘下筆蓋，出現的是博子從未見過，別具前衛設計感的鋼筆。

「筆頭與筆尖一體成形，這是七〇年代鋼筆常見的設計，在現今的鋼筆中很罕見，風格優雅洗鍊。」

砂羽一邊介紹，一邊將筆尖浸入墨水瓶。

桂木小姐一臉好奇地試寫。Silvern 共有三款筆身花紋設計，她試寫的是風格最簡約的格紋款。

「對了……這間店號稱可以改變客人的人生，是真的嗎？」

把鋼筆放回筆盤的桂木小姐問道。

「這個嘛……我朋友的願望實現了，人生也改變了，我還沒……」

砂羽語帶含糊地回應。

「所以不是每個人的人生都能改變，是吧？」

桂木小姐神情認真地問。莫非她也有什麼煩惱？

「是啊……」

砂羽苦笑。

「其實我之所以在這裡打工，也是被『改變你的人生』這句話吸引。因為寫著『萬事諮商』，起初還以為是像占卜那樣問你的出生年月日，然後像心理諮商那樣做記錄，沒想到完全不一樣，而是老闆一邊調整鋼筆，一邊接待客人，透過這樣的交流改變客人的人生……就是這樣的感覺吧。給您參考一下。」

「所謂的調整是指什麼？」

「老闆會依客人的需求，讓鋼筆變得更好寫。」

「可以讓我看一下這樣的流程嗎？」

桂木小姐打開包包，從筆袋取出一枝筆。純粹的黑色筆身與筆夾，風格清爽簡約，看起來不像鋼筆。

「一枝鋼筆的調整費用是三千六百日圓。不過今天老闆不在，您可以先放在這裡，日後再來取，待您來取筆時，老闆當場幫您調整。」

「可惜我今晚回東京……」

「如果您願意的話，也可以調整好後寄給您，但還是當場試寫比較好……啊！」

砂羽望向店門口，眼睛一亮。

隨著一聲沉鈍開門聲，走進來的是揣著大包包的透馬。因為逆光的關係，呈現黑色剪影。

「砂羽，可以幫我弄杯咖啡嗎？冰的。」

「店長，今天不出差了嗎？」

迎上前的砂羽問道。

「對方臨時有事取消了，所以早點回來。真是的……好熱喔……啊，歡迎光臨。」

一向都穿灰色工作服的透馬難得換上正式西裝，才會揮汗如雨吧。

「可以幫忙看一下這枝筆嗎？有時候寫不太出來。」

桂木小姐湊近隨手把西裝外套擱在書桌上，一邊嚷著「好熱、好熱」的透馬，同時這麼問。

「這是LAMY Safari二〇一八年限定款All Black……」

順口說出鋼筆款式名稱的透馬請桂木小姐坐下，接著準備試筆紙，請她在紙上寫自己的名字，觀察她寫字的模樣後遞出筆盤，接過鋼筆。

透馬用放大鏡觀察筆尖，再用黑布似的東西裹住筆尖，俐落地拔出來。

無視於桂木小姐「啊」的驚呼，透馬從一旁的工具箱取出薄薄的金屬板，插入筆尖的溝槽，用力擴壓。

「哇啊……」

只見桂木小姐面色鐵青，發出微弱呻吟。

「好了，請試寫一下。」

透馬把回復原樣的鋼筆遞向桂木小姐。

戰戰兢兢地看向試寫紙的她緩緩拿起筆，接著稍微加快速度地寫下自己的名字。

「不會吧……太厲害了！真的變得好好寫喔。」

「筆尖歪掉了。莫非這枝筆摔過？」

「不記得有摔過，可能是不小心磕到吧。」

「那就可能是因為妳的書寫習慣了。這款鋼筆的筆尖是不鏽鋼製，比較適合筆壓強的人……莫非有工作方面的壓力？」

桂木小姐霎時怔住，擱在膝上的雙手握拳。

透馬用沾染墨水的手指調整好筆尖，接著在紙上壓一壓。

「妳先用用看，要是有什麼問題，隨時來找我。」

桂木小姐掏出名片匣。

「我是出版社的編輯，也是真廣汀小姐的責編。」

博子慌了，因為她只告訴透馬，自己是校對員。

「真廣小姐是我發掘的，所以怎麼樣都想讓她成為人氣作家，可是，卻遲遲收不到稿子……」

「桂木小姐，幹嘛提這種事啊……」

「有什麼關係，又不是見不得人的事。」

「還不曉得能不能出書，不是嗎？況且不是說好了，要以蒙面作家身分出書。」

「啊？要想一直當個蒙面作家，可是要有相當的覺悟喔。因為不想露面，必須拒絕所有採訪邀約，會錯失推書的機會，就算這樣也無所謂嗎？真廣小姐。」

桂木小姐忍不住叨唸羞得滿面通紅的博子。

只見端來咖啡的砂羽頓時怔住。

「咦，真廣小姐？小說？是指真廣汀嗎？」

博子渾身冒汗。

她為什麼知道真廣汀？

「妳是她的書迷嗎？」

桂木小姐的這句話讓砂羽面色脹紅，興奮大喊：

「我有真廣老師寫的小說，就是那本有新城秋插圖的。」

博子只覺得面頰發燙。那是為了活動和網購，把投稿到 KAKOYOMO 的作品用快速印刷弄出來的東西。

「太好了，真廣小姐為了書迷可要努力喔！」

真是出乎意料的開展，促使桂木小姐更起勁。

「您是在出版社工作，要出版真廣小姐的書嗎？我絕對會買！」

「就看真廣小姐了……我是希望年初出版。」

「明年嗎？明年初就能讀到老師的新作嗎？」

被砂羽那雙閃閃發亮的眼睛盯著，博子緊張到心臟快要從嘴裡迸出來。

「還……還不確定。」

博子在不知所措的同時，也有種不可思議的感覺。

年紀比自己足足小了一輪以上、和自己沒有任何共通點的年輕女孩，竟然會買自己寫的書。從來沒在文藝社團之類的活動見過她，看來她是透過網購吧。

——回家後要確認一下購買名單才行。對了，得先向她道謝。

博子卻錯失時機。

「犀星堂……記得光顧本店的某位客人是在貴社出書……大概六十歲左右，很像熊……」

透馬看著桂子小姐遞出的名片，喃喃道。

博子嚇一跳。

「應該是四方純老師吧，老師是這裡的常客嗎？」

她伸手探入包包，取出簽名會時買的書。

「沒錯，就是這位，送過我好幾本著作。大概一年一次會來這裡調整鋼筆……差不多是這樣。」

「那個……有事想請教，但不是什麼重要的事……」

博子想問四方在簽名會時用的那枝鋼筆。

「橘色鋼筆？」

「是的，但也不全是橘色……」

「還記得筆夾的樣子嗎？是不是有個很特別的裝飾？這樣就知道是哪個牌子的鋼筆了。」

博子只瞄過一眼，因為忙著和四方交談，沒看清楚。

「印象中，我幫四方先生調整的鋼筆裡沒有這樣的款式，我們店裡也沒賣，應該是在別家店買的。」

透馬從身後的架子取了一本目錄。

「其實有不少橘色筆身的鋼筆，最有名的有DELTA的Dolce Vita，以及Pelikan的Vibrant Orange……」

眼前是一張張鋼筆的照片。

「Pilot的Custom Heritage 92也有橘色，已經絕版了。」

透馬翻頁，指著透明筆身設計的橘色鋼筆。雖然顏色、款式相同，但只要質感不同，給人的感覺就完全不一樣。

「不是透明的筆身。」

「那就排除透明設計吧。啊，對了，知道是什麼樣的材質嗎？要是曉得是漆或蒔繪之類比較特殊的材質，找起來就容易多了。」

「我記得沒那麼特別，而且不是鮮豔的橘色，而是稍微深一點的橘色吧……」

博子覺得自己明明是寫小說的人，語彙卻如此貧乏。

「不好意思，問了這麼奇怪的事，請當我沒問吧。」

隨即催促桂木小姐起身，一起離去。

「出書時會送樣書給你們，再請幫忙宣傳喔。」桂木小姐不忘對透馬和砂羽這麼說。

「要不要來參加敝社創立五十週年的派對呢？」

步出店外時，桂木小姐突然提起這件事。

「咦？可是我還沒出道啊。」

「四方老師也會出席。」

這句話讓博子噤聲。

「等妳來東京，我們再開個會吧，順便向總編輯介紹妳。」桂木小姐又說，無奈這些話都進不了博子的耳裡。

一想到能再和四方老師見面，博子就覺得興奮，連腳步都變得輕盈。

「所以趕快把故事大綱傳給我。反正妳想寫的不是甜點，而是關於鋼筆的故事，對吧？不錯啊，我賭那間店可以改變人生唷……」

桂木小姐的這番話對現在的博子來說，無疑是左耳進，右耳出。

「謝謝妳大老遠跑一趟。」

與桂木小姐一起現身的總編輯看起來似乎比博子年長一輪。他穿著深灰色單排釦西裝，但看起來並不會顯得太過正式，不難想像平常工作時，大概多半是Polo衫搭配棉褲的裝扮。

「我聽桂木說，妳想寫以神戶某間鋼筆專賣店為故事舞臺的小說。」

不是在KAKOYOMO連載的輕小說，而是以年齡層稍高的讀者為對象而寫的新作。」

「是的。老闆是不可思議的人，透過鋼筆說出彷彿能看透對方內心所想的話，而且他似乎看著鋼筆的筆尖就能知道對方在煩惱什麼、困惑什麼……」

博子說出透馬不但說中她從事的工作，還推了她一把，讓她勇往直前的始末。

坐在斜對面的桂木小姐頷首說：「沒錯。」

「鋼筆迷之間經常聽到這種事呢！有一間鋼筆專賣店的老闆誇口：『光是看臉，就知道這個人適合什麼款式的鋼筆。』我也介紹過好幾位作家去那間店光顧，已經是很久以前的事了……」

「好厲害喔。不過，現在沒有作家用鋼筆寫稿了吧？」

「這個嘛……」總編輯的表情有些微妙。

「不少知名作家還是手寫稿喔。」

每週一次去老師家取手寫稿，再交由菜鳥編輯輸入電腦。

「對慣用鋼筆的人來說，墨水好比血，要是沒用手寫就無法傳遞熱情，也有知名作家每逢截稿日迫近就會窩在東京的飯店裡寫稿。當然，要是能用電子郵件將打好的資料傳給我們，我們就會比較輕鬆，但畢竟已經合作很久了。」

一向活潑的桂木小姐今天倒是靜靜地聽上司的經驗談。

「說到鋼筆，我有個難忘的回憶，那時我才二十幾歲。」

總編輯說起他畢業後進出版社，在週刊雜誌編輯部待了幾年後，調到書籍出版部時的事。

「這位作家已經退隱多年，但因為還健在，我不方便說是誰，就以A老師代稱吧……」

總編輯開始回憶年輕時的事。

「A老師當紅時，可是初版就印了百萬本的暢銷作家。」

「百萬本……」

博子不由得複誦。

「那是書很好賣的年代啦，現在完全無法想像。這位A老師想訂購鋼筆，我便陪他去……」

就這樣聊了約莫兩個鐘頭，整合三人的意見與點子後，接下來就等博子動筆了。

「期待妳的新作喔！」

總編輯這句話讓博子頓覺雙肩一沉，彷彿乘載重物。

「那等一下會場見囉，我去結帳。真廣小姐，妳再坐一會兒吧。」

博子目送拿著帳單，慌忙奔出飯店的桂木小姐的背影。

直到兩人的身影消失後，博子「呼～～」地長嘆一口氣，方才似乎無意識地渾身緊繃，感覺頭部一陣刺痛的她望向遠處。

位於高樓層的飯店大廳明亮得有如正午時分，卻能望見染上夕陽的天空。

儘管方才談話時氣氛熱絡，心情愉快，但只靠這樣是完成不了小說的。從現在開始，為了出書，要寫出幾百頁原稿，這是總編輯和其他人無法幫忙，只能自己孤軍奮戰的事。

而且這次不能隨心所欲，想寫什麼就寫什麼。

要寫出能夠成為商品的東西。

從未有過的經驗讓博子倍感壓力，明明腦子很清楚，心情卻陡然低落。

——我真的寫得出來嗎？

給的時間並不充足。

但，我想把握這個機會。

博子寫小說這件事當然沒告訴雙親，就連公司同事和朋友都不曉得。

——要是辭掉工作，或許就有充分的時間可以寫了。

腦中萌生這念頭的博子立刻搖頭。

「畢竟現在出版市場不景氣，請別隨意辭掉工作。」桂木小姐這番話刺著她的心。

——不行，不行，不能負面思考。還是先看本書，冷靜一下吧。

離派對開始還有段時間。博子想坐在這裡看書，消磨時間。四方的新作一直放在包包裡，還沒有機會讀。

但——

「沒有！沒有，不見了……」

博子拚命翻找包包，就是沒有那本書。

「天啊，是不是掉在哪裡了……」

頓時覺得渾身虛脫。

好不容易拿到的簽名書就這樣弄丟了。

心情低落不已，擱在桌上的手機響起來電聲，博子看到陌生的來電號碼。惡作劇電話嗎？

博子癱靠在椅子上，按下「拒接」鍵。因為沒有設定轉接語音信箱，電話隨即掛斷。

辦在飯店宴會廳的派對盛況空前，人多到幾乎擠不進去。畢竟人潮有如尖峰時段混雜，博子覺得應該很難找到他，沒想到一眼便瞧見。

只見隻手拿著酒杯，站在舞臺前方的四方被好幾個人圍著。看來不太適合走過去打招呼，還是拜託桂木小姐找機會引見吧。

「哦，妳是上次簽名會見過的那位。」

博子沒想到四方還記得她。

「妳也來參加，意思是已經出書囉？」

「正準備寫……」

「怎麼了？看起來沒什麼精神。」

四方關心地問。

「我……沒自信能寫得好……」

「嗯，我也是。」

瞬間，博子以為自己聽錯。

「您也是……？」

「我每次開始寫新書時，心情就特別沉重，擔心自己是否真的能完成，結果就這樣寫了三十年。」

四方微笑看著一臉困惑的博子，又說：

「什麼樣的故事呢？」

「關於鋼筆的故事……對了，老師說的那間神戶的鋼筆專賣店，就是位於珍珠街附近的 Medico Penna 吧？」

「沒錯，那間店很不錯吧？」

「老闆是個不可思議的人，有點神祕……」

博子腦中浮現那張宛如隱身於暗夜的貓頭鷹，有點陰鬱的面容。

「也不是不親切，就是有點陰鬱。」

四方意有所指地呵笑。

「不行，不行，勸妳別對冬木感興趣，怕妳會受傷。」

看來四方似乎誤會博子喜歡上透馬。

「沒，沒這回事，只是想以那間店作為故事舞臺。」

急著否認的博子不由得脫口而出。

「哦，令人期待呢。」

四方整個人突然前傾，致使杯子裡的飲品灑了一點點。

「可是我很猶豫。」

「為什麼？妳要是不寫，我可想寫喔。」

「沒自信能如期交稿。」

「嗯……不是不能理解你的擔憂……我剛出道時，沒經驗也沒自信，所以很不安，但要是因為這樣……」

「四方老師。」

有人從旁插話。

「想介紹這位給老師認識……」

有位捲髮女子帶著一位年輕男生，原來是編輯想介紹自己負責的作家給四方認識。

「喔……你好。」

四方從口袋掏出名片匣，臉卻朝向博子說：

「放心，一定沒問題的，妳要相信自己的能力，別太理會編輯給的壓力。」

背對博子的四方接著和年輕男作家與編輯談笑。

如此熱鬧的社交場合，博子卻形單影隻。

離派對結束還有段時間，博子獨自步出熱鬧會場。

晚上七點半。

一出了門外，天色彷彿罩上紫紗似的變得昏暗。夜晚侵蝕著地平線一帶僅剩的陽光；相反的，街上閃爍的燈光愈來愈多。

博子走在回飯店的路上，手機響起來電鈴聲。

「又來了……」

陌生的來電號碼。

——一定是打錯了。

想直接跟對方說「你打錯了」的博子滑了一下手機畫面。

「太好了！總算接通了。」

竟然是砂羽來電，博子嚇一跳。

「呃……妳怎麼會知道我的手機號碼？」

記得沒在 Medico Penna 的顧客資料單寫上手機號碼。

「之前網購書時，郵寄信封袋上有寄件人的手機號碼，想說打打看……不好意思，嚇到您。」砂羽趕緊道歉：「抱歉突然打給您，因為這本是簽名書，覺得您找不到一定會很著急……」

「咦？」

以為搞丟的那本簽名書，原來是忘在 Medico Penna。

「店長說有話想對真廣小姐說，不好意思，您方便來我們店裡一趟嗎？」砂羽說。

博子把透馬遞給他的那本簽名書揣在懷裡。

「謝謝，本來以為找不回來了，真的很謝謝你們。」

博子向透馬和砂羽頻頻低頭道謝，砂羽承受不起似的說了句「不客氣」，後退一步。

「對了，那個謎解開了。請看。」

透馬攤開擺在博子面前的商品型錄。

「妳說的那枝鋼筆是這枝吧？」

翻開的那一頁上，刊載著筆身是黑色，筆蓋是琥珀色的鋼筆圖片。

「把筆蓋插在筆尾，看起來就是橘色鋼筆，是吧？這是MONTBLANC的大文豪系列之一，Friedrich Schiller[30]。」

「大文豪系列……」

透馬說明。

萬寶龍是知名的鋼筆製造商，除了經典款之外，還有好幾款很受歡迎的限定款系列。像是以青史留名的偉人、藝術家，最具代表性的女明星為名的系列，其中之一就是大文豪系列。

「第一款作品是Hemingway[31]，其他還有Tolstoy[32]、Shakespeare[33]款。尤其是一九九二年發售的Hemingway，在拍賣網上可是很受歡迎呢！當初一枝定價八萬日圓，發售兩萬枝，拍賣價卻喊到二十萬日圓。」

「二十萬……」

令人難以想像的世界。

「可是，你是怎麼知道呢？」

透馬拿起博子手上的書，翻到四方簽名的地方。

「這裡寫著的『Laufet, Brüder, eure Bahn.』，意思是『兄弟啊，走自己的路。』這是貝多芬第九號交響曲的一句歌詞，出自席勒的詩，我就是從這裡得到靈感……」

博子為了瞧個仔細，把商品型錄挪近。

琥珀綴飾的筆蓋，金色筆尖刻著威廉泰勒的弓箭，做工精緻。

——走自己的路……

內心砰然。

博子明白這是四方給矢志成為作家之人的鼓勵話語。

30 席勒。

31 海明威。

32 托爾斯泰。

33 莎士比亞。

「要相信自己的能力。」

要是不相信，連一步也不踏出去的話，就什麼也無法開始。

「冬木先生……」

博子感覺四方在背後推動著她。

「讓我寫關於這間店的故事好嗎？」

「好或不好……要寫了才知道吧？」透馬微笑說道：「請把我寫得帥氣一點喔！」

「啊，店長，你太狡猾了。真廣小姐，也請讓我登場唷。」

店裡迴盪著愉快笑聲。

「對了，寫之前必須田調。冬木先生，可以請教這間店的由來嗎？」

「咦？連這種事也要寫？」

透馬一副敬謝不敏的樣子。

「是的。好比住宅區裡怎麼會有這麼一棟洋房……還有，冬木先生為何開了這間鋼筆專賣店等等。」

砂羽舉手。

「還有我，我也想知道。但就算我問，店長也不會告訴我。」

「因為沒什麼有趣的事啊……」

「真是的，又打馬虎眼了。真廣小姐，店長說他在我這年紀時，沒想過自己會開鋼筆專賣店，所以我想知道他一路走來的心境變化。」

被兩個女人圍攻的透馬顯得不知所措。

「學生時期常常出入這裡，所以就這樣子囉……」

「意思是，這間店以前是別人在經營嗎？為什麼把店交給你呢？」

砂羽切入得快狠準。

「也沒什麼啦……一回神，就這樣了。」

「有人把經營權轉讓給你，是吧？這麼重要的事怎麼能說沒什麼呢……」

透馬取出抽屜裡的鋼筆，開始工作，一副不想再聊下去的模樣。

「還是，這裡是親戚經營的店呢？」

「也不是……我只能說，總之就是這樣囉……」

吞吞吐吐，一點也不像平常的透馬。

「對了……」

博子咳了一聲。

「我聽某個人說，冬木先生可是會惹女人掉淚的人喔。」

四方不是這麼說，他只是要博子別對透馬動心，博子這番話分明是加油添醋。

只見透馬瞪大雙眼，突然慌了。

「對了……我完全忘了今天有約，得趕快出門才行。砂羽，麻煩妳顧店了。」

隨即慌忙準備出門，快步離開。

「很奇怪喔。」

「太奇怪了。」

砂羽和博子相視頷首，捧腹大笑。

第五話

魔法鋼筆

Medico Penna

年初

「還沒確定進哪間公司？傻眼耶，妳大學四年到底在幹什麼啊？不可能再匯錢給妳了。」

電話那頭傳來母親的高分貝吼聲。砂羽受不了，乾脆掛斷。

不想再接到電話的她索性關機，鑽進棉被。

腦中一片空白，心跳加劇。

一如以往並未回家過年，只是告知今後的事，寄張賀年卡而已。「我畢業後不會回去，要留在這裡獨自生活。」砂羽這麼寫著；「因為薪資不多，所以希望暫時繼續匯錢給我。」又加上這一句。

盡說些任性的話。

明明有這樣的自覺，卻怎麼也無法說出口，只好以文字仔細寫下自己的心情，不想沒好好溝通就不了了之。母親果然來電，砂羽只好坦白道出自己求職失敗的事。

——期待媽媽明白情況後能夠體諒的我，真是有夠蠢。

既然得不到雙親的諒解，砂羽只能盡快找到工作。

元旦週過後，砂羽重新開始找工作。除了大企業外，中小型公司一整年都會招募應屆畢業生和轉職員工。

有些公司就像沒拿到任何錄取資格的學生般不受人青睞，砂羽今天要去面試的地方就是這樣的公司。老舊的辦公大樓，雜亂的辦公室，隔著屏風的另一頭堆放著不知是什麼的東西，氣氛十分陰沉。

面試官態度謙虛、親切，但員工們瞅著身穿套裝的砂羽，交頭接耳、竊竊私語的模樣令人厭惡。

就算被錄取，也不想在這種地方工作。

期末考即將到來。雖然離畢業還有一段時間，但其他同學已經開始迎接畢業後的生活。

拿到錄取資格的人忙著參加企業研習，有人則是退了租屋，搬回老家；在周遭人準備迎向人生下一階段時，砂羽的生活卻一成不變。

中午前起床吃早午餐，看動畫，玩線上遊戲，不一會兒又到了晚餐時間。

一回神，才驚覺大三的學弟妹們於一個半月後也要開始求職活動。

——看來畢業後，不得不回老家了……

已請透馬幫忙多排些打工時間，但光靠這麼一點收入實在無法獨立生活。

左思右想的她不知不覺走到 Medico Penna。

「呼，好累……」

忙著營業前各種雜務的砂羽嘀咕著。

當她把「OPEN」牌子掛在門上，準備開店迎客時，睜著惺忪睡眼的透馬總算下樓。

「早啊，砂羽。」

伸了個懶腰的他走向位於最裡面的廚房。

雖沒上樓看過，但二樓應該是可以作為起居的空間，反正一樓有簡易的廚房與洗手間，不曉得二樓有沒有浴室就是了。不過，車站前面有三溫暖和SPA店，附近也有飯店，所以透馬應該覺得生活上沒什麼不方便吧。

「我出去一下。」

中午之前沒有預約，透馬得以出門買早餐。

透馬很喜歡南京町附近的某間麵包店，若是去那裡的話，就得過一會兒才會回來。

「慢走。」砂羽目送透馬出門。

獨自顧店的她正在整理信紙信封組、卡片等商品時，有輛車在店門口停了下來，接著傳來「碰」的關門聲。

砂羽瞧了一眼走進來的客人，頓時怔住。

是個身形修長，很有型的男人。

對那張臉沒什麼印象，應該是沒事先預約就來的新客人。

身穿熨燙平整的深藍色西裝外套搭配白褲，戴著鏡架由三根細金屬構成，設計感十足的眼鏡，手上提著愛馬仕的橘色紙袋。

「可以幫我看一下這枝鋼筆嗎？」

男子看向手上提著印有H商標的紙袋。

「啊，老闆不在，應該很快就會回來。方便的話請稍坐一下，好嗎？」

「車子在外頭等，可以先寄放嗎？這枝筆會漏墨，不好寫。」

「好的，沒問題。」

男子從紙袋取出精緻的白色禮盒，上頭印著金色字體「Waterman[34]」。

「請容我驗收鋼筆。」

砂羽接過紙盒，放在桌上輕輕打開，裡頭裝著令人眼睛一亮的藍色盒子。

單憑這樣就知道是價值不斐的鋼筆。

廉價鋼筆就另當別論，稱為高級鋼筆的商品，尤其是國外品牌的鋼筆大抵都有精緻的禮盒包裝。限定款就不用說了，經典款的禮盒也很講究，所以砂羽每次看到這種商品，「鋼筆收藏家肯定也很傷腦筋盒子要怎麼保存吧。」就會替客人瞎操心。

想說扔掉盒子不就得了，但鋼筆這東西可不能這樣。將來若要以二手鋼筆出售的話，有沒有盒子可是攸關價差。

打開藍色盒子，映入眼簾的是一枝與盒子同樣顏色、帶有光澤的深藍色筆身，金色筆蓋的美麗鋼筆。筆蓋（天冠）與筆尾的兩端呈圓形，稱為圓頂造型，比起兩端呈扁平狀的平頂造型，更予人古典感。

闔上筆蓋，看起來就像一般的古典風格鋼筆；拿掉筆蓋，就能瞧見筆尖與筆頭是一體成形的流線型設計。

砂羽拿出商品型錄，翻到「Waterman」這頁，比對圖片。

「這枝是 Waterman 的 Edson 吧？」

「嗯？記得應該是這名字。」

可能是趕時間吧，男子開始不耐煩。

腳上那雙黑色鱷魚皮鞋交互踏著地板，頻頻瞅著袖口上那只璀璨寶石般的手錶。趁他尚未衝口説出「沒時間了」，砂羽趕快請他填妥寄放單上的聯絡方式與名字。

然後趕緊拍照存證，以免日後客訴「鋼筆有損壞」。

寄放單上寫的地址是縣內數一數二的豪宅區。

「久等了，這是您的寄放單。」

砂羽遞上副本後，開門送客。

店門口停著一輛從未見過的氣派轎車，堵住整條窄巷。司機一看到男子立刻下車，迅速開啟後座車門。

——真正的有錢人……

砂羽怔怔地目送車子離去。

「好氣派的車子喔，剛剛來我們店裡的客人？」

回頭一瞧，原來是手上拿著麵包店袋子的透馬。他邊走邊啃剛買的麵包，模樣有點

---

34 華特曼製筆公司，一八三七年成立於法國巴黎，創辦人是路易斯·艾德森·華特曼（Lewis Edson Waterman），產品線中的頂級鋼筆系列以 Edson 命名。

邋遢。

「有枝需要調整的鋼筆。」

「哦，是喔，要是使用者在的話，馬上就能調整好筆尖啊。」

車子拐彎離去後，徒留轟鳴引擎聲。

「我有說你馬上回來，但他好像很急……不過，不是調整筆尖，而是漏墨的樣子。」

「這也和使用者的書寫角度與筆壓有關。」

砂羽跟在嘀嘀咕咕的透馬身後走回店裡，取出客人寄放的鋼筆。

透馬還沒瞧寄放單，就說：「Edson 啊，Sapphire Blue，Waterman 的高級鋼筆代表之一。」

「很貴吧？」

「嗯，現在應該可以賣到二十五萬日圓左右吧。」

「二……二十五萬。」

「Waterman 是歷史最悠久的鋼筆製造商，源起於某位保險推銷員的一次失誤……」

十九世紀後期，美國保險推銷員路易斯．艾德森．華特曼（Lewis Edson Waterman），有次簽一份重要合約時，筆意外地漏墨，弄髒了合約，待他急忙弄好新合約時，競爭對手卻已搶走這筆生意。

「心想絕不再重蹈覆轍的華特曼，開始思考如何改良鋼筆。」

一八八四年。

華特曼發明了世界上第一枝不會漏墨、可以安心使用的鋼筆，鋼筆的歷史於焉展開。

「砂羽，妳曉得鋼筆的結構嗎？」

「裝入的墨水流至筆尖，就能寫字了。」

「沒錯。不過，不光是墨水管抵到筆尖，墨水就能流出這麼簡單。」

透馬請砂羽用玻璃杯盛一杯水。

然後輕輕滴入一滴墨水，水染上顏色後插入吸管。

「妳看，吸管自然吸取水，是吧？而且吸管愈細，吸得愈高，比周遭的液面還高。這就是所謂的毛細現象，要記住這個現象。」

透馬拿起手邊的鋼筆，轉開筆頭，拆解一番，挑出兩個小零件。

「金色部分是筆尖，這個黑色東西，也就是刻著縱向與橫向溝槽的東西是筆舌，先從筆尖開始說明吧。」

筆尖是長方形上頭載著三角形似的獨特造型，三角形底邊一帶有開孔。透馬指著孔洞，說明：

「這孔洞稱為『氣孔』。從氣孔朝三角形頂點切出一道縫，這道縫是墨水的通道，經由這道縫抵達紙面；然後，與紙面接觸的筆尖前端有個稱為『銥點』的球狀東西，當銥點接觸到紙面時，就會因為毛細現象讓墨水順利流出去。」

透馬接著拿起黑色筆舌，也刻著縱向與橫向溝槽，但最醒目的是鋸齒狀橫溝。

「這是鋼筆的心臟。筆舌的作用是藉由將墨水流出時的空氣送回墨水管，促使墨水穩穩地流至筆尖……到這裡聽得懂吧？我只是簡單說明而已。」

雖是簡單說明，砂羽已經聽得暈頭轉向。

「意思就是保險推銷員華特曼先生為了克服自己的失敗，活用當時的劃時代發現，也就是毛細現象，發明了鋼筆，對吧？」

「這說明還真是簡略啊。」

透馬苦笑。

「算了。總之，這枝筆以發明者的中間名來命名，也就是Edson，可說是華特曼最頂級的商品，一大招牌。我看看喔……漏墨……會是因為筆壓的關係，還是中縫過寬呢？」

透馬坐在兼作工作桌的書桌前，先用放大鏡確認筆尖。

不，正確來說，是在檢視銥點。

觀察了一會兒後，正在試筆的透馬突然一臉詫異，確認寫在寄放單上的名字。

寺田伶人。

「第一次光顧我們店的客人啊，是個什麼樣的人？」

「瘦瘦高高，很有型的男人，大概三十歲左右吧……」

透馬蹙眉。

「這就有點難處理了。砂羽，告訴寺田先生，老闆說等他來拿筆時，請他一邊試筆再一邊調整。」

於是，透馬將鋼筆放回盒子裡。

三天後。

一輛車子停在 Medico Penna 門口。

可能是聽到引擎聲吧，只見坐在工作桌前的透馬立即起身，看向門口。

寺田伶人和之前一樣，一身時尚裝扮。

一看就知道是名牌貨的土耳其藍西裝外套與西裝褲，搭配橘色襯衫，十分醒目。

他今天搭計程車來，可能是知道這間店沒停車場，又是窄巷，所以大車無法久停。

透馬說了聲「請」，挪了一下書桌前方的椅子，問道：「來杯飲料，如何？」

砂羽端來咖啡。伶人道謝，拿起杯子。

「同行的人在外面等嗎？」

面對透馬的詢問，「沒有，就我一個人。」伶人回道。

「我希望使用者能親自過來……」

透馬這句話讓砂羽困惑。她的確如實轉告：「老闆說要進行細部調整，所以務必請您親自來一趟。」本人也依約來了。

「我不就來了嗎？」

伶人不解地偏著頭，左手把拿著的杯子放回桌上。

透馬又說：

「不，是請這枝鋼筆的使用者過來。」

怜人停止動作。

透馬打開擱在桌上的盒子，取出Edson。

「冒昧請問，使用這枝筆的人不是寺田先生吧？」

砂羽擔憂地看著面露不悅的怜人。

「這麼說太奇怪了吧？算了，算了，只是一點小毛病，拿去其他店調整好了，反正鋼筆調整師多的是。」

怜人伸出左手的瞬間，透馬迅速把筆挪回手邊。

「我認為這枝筆的主人是右撇子。」

怜人驚詫地看著自己伸出去的左手。

「而且有相當特殊的使用方式。」

響起嚥口水的聲音。

「首先，關於慣用手的問題，其實很簡單，看銥點的受損情況就知道了。而且您說這枝筆會漏墨，通常漏墨的原因不外乎是因為掉落、碰撞，導致筆尖變形、裂開，或是這條墨水通到銥點的縫裂開。」

透馬指著筆尖呈一道縫的部分。

「要是使用者的筆壓偏高，就容易導致這條縫裂開，但以你的情形來說，之所以覺得這枝鋼筆不好用是因為其他原因，所以今天準備了另一枝同款的鋼筆來測試。」

透馬從抽屜取出一枝顏色不同的 Edson，緩緩地摘掉筆蓋，用放大鏡檢視筆尖後置於筆盤。

「這枝是向客人借用的 Edson Diamond Black，字幅是F，細字。請你按照我剛才那樣，用放大鏡觀察筆尖。」

「請。」

怜人一臉猶豫地瞅著擱在面前筆盤裡的放大鏡與鋼筆。

在透馬的催促下，只好乖乖照做，卻怎麼樣也無法對焦，費了一番功夫才看清楚。

「現在你看到的銥點是原廠的零件，請記住這個形狀，接著再觀察你帶來的 Edson 的筆尖。當然，我絕對沒動過手腳。」

「……」

「如何？銥點比剛才看到的那枝筆還長，是吧？」

「你到底想說什麼？」

透馬伸手制止怜人抱怨。

「我正要說明。」

只見他拿起借來的 Edson diamond Black 在試筆紙上寫下包括點、橫、豎、鉤、策、掠、啄、捺等基本筆畫的細體「永」字。

接著換用怜人帶來的 Edson。

不曉得是字幅較粗，還是漏墨的關係，試筆紙上出現一個彷彿是用麥克筆寫成的粗體「永」字。

可是下一秒，砂羽懷疑自己眼花。

「咦?!」

同一個筆尖，卻寫出像 Edson Diamond Black 一樣細的「永」字。再下個瞬間，又畫出極粗的線條。

「這……」

怜人驚呼。

最後，透馬在紙上寫了個宛如用毛筆寫的大「永」字。

「寺田先生帶來的 Edson 可依角度改變字體粗細，傾一點寫就變粗，握直就變細，華特曼並沒有這樣的筆尖。」

透馬從桌上的筆架抽出一枝黑色鋼筆，摘掉筆蓋，指著刻在筆尖上的錨商標。

「Pilot 鋼筆有一款稱為『長刀研』的筆尖。這款 Pilot 推出的獨家筆尖可以表現點、鉤、撇之美，重現彷彿用毛筆書寫的文字，可說是用來書寫日文的理想筆尖。」

透馬和方才一樣，在紙上分別寫了粗體與細體的「永」字。怜人怔怔地張著嘴，看著試筆紙上的文字。

「鋼筆是西方國家發明的東西，所以書寫歐美文字時，銥點削圓比較好寫，但對日本人來說就不見得是這樣。不過，要研磨出適合寫日文字的筆尖，是只有技巧純熟的專業工匠才做得到的困難事。因應戰後大量生產的要求，一切朝自動化方向發展，專業工匠在一九六〇年代凋零，『長刀研』因而絕版。但還是有人憑著年輕時的記憶，重現這項技術，我的前輩長原宣義先生就是其中一位。搞不好這枝 Edson 就是長原先生，或是深受長原先生影響的調整師巧手改造的鋼筆。我之所以這麼說……」

透馬像要把筆尖翻面似的換了個手勢拿筆。

「啊！」

怜人與砂羽異口同聲驚呼。

「這樣就能寫出非常細的線條了。」

翻面的筆尖在紙上繪出細如髮絲的線條。

「但要這麼加工這枝Edson，可不是只有研磨而已，必須在筆尖裝上新銥點……也就是銥合金，耗費一番功夫研磨才行。」

怜人啞口無言。

「您應該不曉得吧？也是，形體雖是Waterman的Edson，卻成了另一款相當優質的鋼筆。那為什麼要用Edson來改造？用MONTBLANC或其他牌子的筆身不行嗎？這就是我希望鋼筆主人親自過來的理由。」

透馬從身後的書架取出一本商品型錄，翻到Waterman這頁，指著附上Edson圖片的規格標示。

「Edson的筆身相當重。」

目錄上除了標示收納與書寫時整枝筆的長度，還有重量。相較於透馬之前出示的MONTBLANC Meisterstück149的三十六公克，Edson是四十三公克。

「還有，Edson不只比較重，筆身也比較粗。筆身粗的鋼筆對某些人來說，確實比較好握，好比小孩子。年幼的孩子畫圖時用的是粗粗的蠟筆，而不是細細的色鉛筆，就是這個道理。就這點來說，只要觀察這枝 Edson，就會發現有很多細小傷痕，可能是不小心從手上滑落桌上，甚至掉到地上。而且我猜想鋼筆的主人應該不會是小孩子，這麼想的一個原因是，小孩子還不太能握好鋼筆。」

「拜託……誰都會有不小心的時候啊。」

怜人不以為然。

「這不是普通的鋼筆，可是要價相當於上班族一個月薪水的高級鋼筆，還特地請調整師製作特殊的筆尖規格。一般講究手感的鋼筆愛用者不會這麼粗暴對待鋼筆，所以我想了想，覺得這枝鋼筆的主人應該是手不太靈活，也就是無法輕鬆控制筆壓的人。」

怜人咬唇。

「我曾建議罹患肌萎縮性脊髓側索硬化症、幾乎沒什麼握力的高齡者使用又粗又重的鋼筆，那時我幫他把鋼筆調整成筆尖觸到紙面時才會出墨的狀態。這枝 Edson 也是調整成同樣情形，所以健康的人使用這枝筆時，會有漏墨的問題。總之，我判斷這枝鋼筆是調整師因應特殊情況而特別加工的東西，所以必須看到使用者的身體狀況，謹慎調整才行，恕我今天無法調整這枝鋼筆。」

「……」

「我不清楚您是基於什麼想法想擁有這枝鋼筆，起初以為你可能是幫鋼筆的主人跑這一趟，但看您的態度又不是這麼回事。方便的話，可以告知實情嗎？」

出乎意料地，伶人的肩膀放鬆了下來。

「好吧，既然被你看穿了，我就告訴你真相。」

這麼說的他咳了一聲。

「鋼筆的主人已經……不在世上了，這枝筆是亡父的東西。」

「很遺憾。令尊是何時過世呢？」

「嗯……一年前吧。過了一年，我才有心力整理遺物。」

「這期間，這枝鋼筆放在哪裡？」

「哪裡……當然是在家父的房間。」

透馬嘆氣。

「看來您還是沒告知實情。」

「什麼意思……又懷疑我說謊嗎？」

「這枝鋼筆裝有墨水，裝入墨水的鋼筆要是擱著一年都沒使用的話，裡頭的墨水會乾掉；但這枝鋼筆顯然不是這樣，您還說『會漏墨』，這不是很矛盾嗎？」

「……」

「所以無法為您調整，請您帶回去。」

「到底是誰呢？使用那枝鋼筆的人……」

結果那枝 Edson 沒做任何調整，就回到寺田怜人手上。

「這個嘛，應該是對書寫很講究的人吧。若只是單純用來寫字，不必那樣加工就已經是非常高級的鋼筆了。」

「就是啊……況且現在很少人用鋼筆，多半用電腦，而且對於沒什麼握力的人來說，敲鍵盤輕鬆多了……」

透馬高舉雙手，伸懶腰。

「今天沒有預約，可以關店了。我還有很多工作還沒做……」

看來接待怜人讓透馬很疲累，砂羽收拾完準備離開時，瞧見他趴在桌上。

——接下來要做什麼呢？

因為突然多出空閒時間，砂羽在車站附近閒晃。

查了一下元町電影院和 Cinelibre 神戶的電影時刻表，沒什麼感興趣的片子。

砂羽想起真廣小姐推薦，自己一直想買的那本四方純作品，決定前往三宮中心街的J書店。

「啊……」

砂羽在二樓的文學作品區買了書，想順便去三樓N文具中心的鋼筆專賣區逛逛，土耳其藍名牌西裝冷不防地躍入眼簾。

寺田伶人。

打算悄悄溜走，不想被撞見的砂羽稍稍回頭，竟然和伶人的視線對上，只好尷尬地打招呼。

——唉，我這個笨蛋！

伶人似乎認不得砂羽，一臉疑惑地偏著頭。

「那個……我們在哪裡見過嗎？」

「寺田先生，謝謝您剛才光臨敝店。」砂羽無奈地說。

伶人驟然不悅。

「原來是那家讓人感覺很差的店的店員啊……找我有什麼事？又有什麼不滿嗎？」

「沒有……」

「那找我幹嘛？」

「我只是來買書。」

怜人瞅了一眼砂羽手上的書，書套印有J書店的商標。

「給我看一下。」這麼說的怜人不待砂羽回應，逕自拿過來翻閱。

「啊，四方純？妳那麼年輕，卻看這種活化石作家的書。」

「活化石是什麼意思？」

「他的文風三十年來始終如一，怎麼看都是那種調調，毫無新意，根本是唬弄書迷的作家嘛！」

砂羽覺得這番批評太毒舌。

「那就看看新作家的書，如何？」砂羽說：「您知道真廣汀老師嗎？」這麼探問。

「妳說誰？」

「即將出道的作家。編輯讀了她在 KAKOYOMO 刊載的小說，因此被挖掘的新人作家。」

「哼！」怜人鼻哼嗤笑。

「妳說的那個是素人投稿網站吧？比起專業作家寫的書，最近的年輕人更喜歡上那種網站看些有的沒的、還不成熟的作品。看來讀者的水準降低不少啊。算了，反正我沒興趣看那種東西。」

「什麼嘛……」

明明沒看，為何批評別人的東西水準低？

「寺田先生，久等了。」

店員拿著商品走過來。

「請您確認一下。」

砂羽不經意地瞄了一眼，原來是稿紙。

「奶油色底搭配綠色，您的名字是行書體，沒錯吧？」

「嗯，嗯，可以了，趕快包起來。」

怜人嫌煩似的揮了揮手。

「妳有空可以陪我一下嗎？我口很渴，一個人喝茶又很無聊……」

這個人是怎樣啊？

但，好奇心戰勝一切。

「若您不嫌棄的話……」

「這附近找一家就行了。」

重新開幕的Morozoff神戶本店，可以瞧見裝置在櫥窗裡的巧克力瀑布。等了一會兒就有人帶位，隔壁桌坐著兩位上了年紀的女人，面前擺著鬆餅與布丁，兩人機關槍似的交談著。

「我要……馬斯卡彭奶油與綜合莓果鬆餅套餐。啊，還要一杯咖啡和布丁。」

不必刻意減肥的體質真令人羨慕。

明明是怜人主動邀約，卻無視砂羽，自顧自的滑手機。

「不好意思，方便請教一點事情嗎？寺田先生。」

「別叫我寺田先生，聽起來不太舒服。」

「那要怎麼稱呼您……」

「怜人就行了，怜人。」

沒想到是個隨興的人。

「那麼，怜人先生，令尊是什麼樣的人呢？」

雖然覺得這麼問不太禮貌，但既然是對方主動邀約，問這點事應該沒關係吧。

「就像那位老闆說的囉。約莫二十年前，家父罹患怪病，先是手部突然麻痺，慢慢擴及全身。現在幾乎都坐輪椅，前不久住進養護設施。」

「那不就還活著嗎？你明明說他已經過世了。」

砂羽不由得拉高分貝。

「又沒差，反正懶得說明，就當他死了。」

這番說詞令砂羽傻眼。明明是至親，這種態度也太過分。何況，他趁父親住進養護設施，擅自拿走他的昂貴鋼筆。

「我說妳和你們老闆真奇怪，乖乖照著客人說的去做不就得了。」

搞不好透馬早就知道，只是沒戳破。

「妳和那個老闆是什麼關係？難不成是父女……可是看起來年紀沒差多少，還是年紀相差很多的兄妹？」

「我只是打工的。」

「居然能在那種老闆底下做事，真不敢相信，該不會是喜歡上了老闆？」

輕浮的態度令人惱火。

「才不是這樣。只是偶然在一次文具用品的活動中，被一塊寫著『萬事諮商』的看板吸引，後來和朋友一起去那間店，剛好在煩惱找工作的事……」

「還是學生啊……」

怜人那種竊笑樣很討厭。

這時，服務生送來兩人份的布丁與咖啡。

沒有華麗的裝盤，只是在布丁旁邊添上冰淇淋與鮮奶油，卻很有份量感。

像在品嘗滑潤口感，怜人緩緩地一口接一口。

「所以順利找到工作了嗎？」

「一起去諮商的朋友馬上就被錄取，我卻……」

怜人放下湯匙。

「妳啊，有空在那種店打工，花用父母給的錢，不如趕緊找份正職才對吧？」

砂羽內心受到衝擊。

她發現自己喉嚨乾渴，因為生氣，眼睛泛紅。

他說的沒錯。如果是透馬或美海這樣批評，砂羽會坦然接受，但對方既非朋友也不算認識，只是偶遇的陌生人，憑什麼妄斷。

「我自己也清楚。大家都已經決定好畢業後的出路，只有我，只有我什麼都還沒確定，所以很不安，甚至煩惱到睡不著……」

這麼說的砂羽覺得眼角熱熱的，忍住不哭的她低著頭，不想被這個人瞧見醜態。

怜人鼻哼一聲。

「難不成妳也是有所期待，才會待在那間說什麼人生可以改變的店……」

「久等了。」砂羽的頭頂上方響起聲音。

低垂的雙眼前方擺上「馬斯卡彭奶油與綜合莓果鬆餅」套餐。

「命運是與生俱來的啦，所以我不期待有誰來改變我的命運，勸妳也別這樣期待比較好。」

這麼說的怜人開始大啖鬆餅。

「我先走了……」

「哈，害妳不高興啊？我說的是實話啊。」

砂羽倏然起身，拿起帳單。

「幹嘛啊？我請客啦，當作賠罪。」

「不用了，沒理由讓你請。」

砂羽頭也不回地走向收銀臺。

那天，砂羽一早就很興奮。

因為預約單上寫著橋口博子這名字。

「你好，好久不見。」

真廣小姐獨自走進來，親切地向透馬打招呼。

「前陣子承蒙照顧了。」

博子拿出還沒正式上市的書。

「我想親手拿給你們……啊，這是給砂羽的。」

一直待在角落的砂羽忍不住奔向博子。書封上用細字鋼筆般的筆觸題上書名：《筆的十字路口》。

「謝謝，那……可以幫我在書後簽名嗎？」

「可以嗎？這樣會弄髒書。」

「才不會呢！請幫我簽名。」

「久等了。」

從後場走出來的透馬拿著盒子。

「這是您期待已久的商品，請看一下。」

「啊，那是……」

透馬手上拿的是之前池谷先生帶來的 Aurora Oceania。

一定是送給自己正式步入文壇的獎勵。

——真廣小姐很想要這枝鋼筆……

從盒子取出來的 Oceania 果然好美。

「不好意思，應該馬上買的，還讓我等到書出來才帶走它……」

「別這麼說。對了，因為每一枝的花紋都不一樣，若是不喜歡的話還請直說，不要客氣。要是能多準備幾枝讓妳挑選就好了……」

真廣小姐輕輕拿起擱在筆盤上的 Oceania，轉了一圈筆身後，笑道：

「我要這枝。」

買好鋼筆，接著挑選墨水，再進行調整。

真廣小姐選的是一樣由 Aurora 發售的藍黑色墨水。細微調整後，「實際使用時，要是覺得不太順手，再帶過來調整就行了。」透馬這麼說。

「來杯咖啡，如何？」

「好，麻煩了。」

「要加奶，是吧？」

透馬取出咖啡杯，準備煮咖啡時，有人進店。

原來是多和田先生。

「歡迎光臨。」

因為想和透馬聊聊而突然造訪的樣子。多和田先生看透馬正忙著待客，也要了一杯咖啡。

「深焙的。」

「好的。」

這時，多和田先生看著擺在桌上的傳單。背景是黑底，一身黑衣的男人握著羽毛筆，一旁印著標題。

「魔法……鋼筆？」

真廣小姐似乎聽到砂羽喃喃自語，突然看向她那邊。

「這齣是舞臺劇，登場角色都是以鋼筆製造商來命名。」

多和田笑道：

「妳知道得真清楚。」

「很久以前上演的舞臺劇……好懷念喔。」

真廣小姐說自己是主角的粉絲。

「真開心有人知道我今天帶來的話題……」

多和田先生說明這齣舞臺劇的梗概。

故事背景是一九二〇年代的紐約。矢志成為作家的青年大喊：「我之所以寫不出來，不是因為沒有才華，而是因為沒有一枝好筆！」意思是工欲善其事，必先利其器。

「主角名叫 Parker Duofold，友人是 Waterman。Parker 的情人名叫 DELTA，還有想撮合 Parker 與自己的女兒 Sailor 的知名小說家名叫 MONTBLANC，光是這樣就很逗趣，是吧？」

一邊工作，一邊豎起耳朵聽的透馬頷首。

「後來，Parker 買了一枝便宜又好寫的鋼筆，用這枝鋼筆寫出來的小說本本暢銷。

成了當紅作家的 Parker 竟然拋棄舊情人，和 Sailor 結婚，還得到 MONTBLANC 留下的龐大遺產。」

但這時，Parker 的那枝魔法鋼筆不見了，再也寫不出暢銷小說的他，終日過著放蕩的生活。

「沒想到 Sailor 的兄長 Pilot 因為某種原因，得到這枝魔法鋼筆。Pilot 突然發揮傳承自父親的才華，一掃陰霾似的傑作連發。總之，拋棄情人，成了暢銷作家的 Parker 江郎才盡，又被周遭人背叛，最後窮困潦倒地死去，只能說他自作自受。」

「要是有這麼方便的鋼筆，我也想要一枝。」

「啊，難不成……」

真廣小姐的回應讓多和田先生有點在意。

「請問妳在寫小說嗎？」

「剛出道的新人而已。」

多和田先生看向透馬剛調整好的鋼筆。

「Oceania 啊，大陸系列的最新款……二〇一四年發售的限定款。要是連同經典款 Optima 和 Burgundy 一起收藏的話就更美喔。」

「怎麼可能……要是這兩款也收藏，可是要花不少錢。」

真廣小姐驚訝地猛搖手。

「您對鋼筆可真了解，不像我只是個初學者……」

「初學者就用Aurora？」

這次換多和田先生詫異。

「不自量力吧？就像剛拿到駕照就開進口車。」

「不，這種事可不能妥協，選購自己最喜歡的鋼筆就對了。」

砂羽看他們似乎聊開了，就默默退下。

「砂羽，你們幾點午休？」

多和田突然問砂羽。

「相遇就是緣分，想藉機奢侈一下，請大家去吃頓午餐，慶祝這位朋友的著作順利出版……」

多和田先生似乎對於小說家這份工作很好奇；不，搞不好是對真廣小姐感興趣。

「現在去也行啊。」透馬這句話讓砂羽和博子恭敬不如從命。

多和田先生中意的是附近一間飯店的餐廳。

「我一個大男人不太好意思進去這樣的地方，都是吃那種便宜又美味的中華料理。」

服務員引領他們來到中庭，是一處陽光從玻璃屋頂流洩，明亮又開闊的空間。碰巧有群女人似乎因為同學會正在聚餐，還請店裡的人幫她們拍照。

「對我來說，冬木先生是改變人生的恩人。」

多和田先生說他自從使用透馬研磨過的鋼筆，工作就步上了正軌，真廣小姐也同意他的說法，表示自己要不是遇到這間店，恐怕很難實現夢想。

可能彼此都是創作者的緣故吧，十分談得來。搞不好兩人之間會滋長愛苗也說不定，砂羽有這樣的預感。

——要是美海看到了，肯定很羨慕吧……

求職成功的她還未得到戀愛之神的眷顧。

唉，她喜歡的那位池谷先生是個比起女人，更愛鋼筆的人，所以很難有進展吧。畢竟買賣鋼筆是他的工作，薪水也幾乎用來買鋼筆，若非志趣相投、能夠理解的女人，怕是很難和他交往。

——但光是有心儀的對象就令人羨慕了，哪像我，沒遇上半件好事啊。

砂羽望著相談甚歡的博子與多和田先生，不禁胡思亂想。

沒多久，料理上桌，兩人的談話中斷。

前菜相當豐盛，抹醬和燙青菜、麵包、加了許多食材的湯擺滿一桌，眾人忙著使用刀叉。

「那個……兩位都是來我們店之後人生就好轉，對吧？那麼，幸運是在什麼時機降臨呢？」

博子與多和田先生一臉詫異，砂羽坦承自己還沒確定畢業後的出路。

一直聊不停的兩人瞬間沉默。

砂羽無視這尷尬的沉默，又說：

「每次筆試成績都不錯，性向測驗也不差，可是最近我逐漸明白一件事。我根本不想進那間企業工作……應該說，不曉得自己到底想不想步入職場……該說這種心態很幼稚，還是長不大呢？我想對方一定是察覺了，才會每次面試都沒過關吧。」

這是砂羽自己歸納出來的答案。

「看來我真的是長不大啊……」

「也許只是時機未到吧。」

一直默默聽著的多和田先生靜靜地說。

「時機……嗎？」

「嗯，我覺得時機尚未成熟吧。有些人早熟，也有人慢慢長大，不是嗎？」

真廣小姐頷首，同意多和田先生的說法。

「我也還是很孩子氣呀！」

還搞笑似的比了個手掌朝天的動作。

「不過，還是得做些什麼才行。好比活用這半年的經驗，找些像是文具用品販售、文具製造商之類的工作如何？或者問問池谷先生能否幫忙？」

「FUKAMI貿易公司沒有特別招募應屆畢業生，也沒有定期舉辦人才招募。」

「是喔……」

真廣小姐一臉歉意地聳肩。

「我來問問文藝社團的夥伴吧，不過社團成員多是學校老師、寫手、家庭主婦，不曉得有沒有幫助就是了。」

「不，不是的，我不是這意思……」

砂羽慌忙否認。

但一想到自己的情況，馬上又以頭低到快碰到桌子的姿勢說：

「謝謝，要是有我可以幫忙的地方，請跟我說。」

三月將至，下個年度的求職活動即將展開。

要是參加求職考試的話，砂羽會被視為非應屆畢業生，而且單憑在鋼筆專賣店打工九個月的經驗，實在很難跟別人競爭。

「不好意思，明明是慶祝餐會卻講起這種事……萬一還是找不到正職的話，就只能繼續打工。」

「沒事，別在意。其實我也被編輯叮囑趕快寫下一本小說，明明才剛辛苦地寫完一本，又要從頭開始……」

「寫小說果然很辛苦吧？」

「嗯……一旦變成工作的話。」

真廣小姐嘆氣。

「為了不斷寫出新作品，必須自我充實，尋找素材，苦思新點子……除了寫以外，還有很多必須努力的事。」

「請問……」

多和田先生不太好意思地插嘴。

「通常是什麼時候浮現靈感呢？田調時？還是坐在桌前唸唸有詞，突然迸出來？」

「看情形吧。像是這次《筆的十字路口》，出版社真的幫了很多忙。大家現在都用電腦寫小說，但還是有堅持手寫的作家……總之，我從這些事情中借用了不少點子。這是要系列化的小說，所以各位要是知道關於鋼筆的任何趣事，都請告訴我喔。」

「沒問題。對了……方便的話，可以交換聯絡方式嗎？要是想到什麼，可以傳電子郵件告訴妳……」

多和田先生用這招順利要到真廣小姐的聯絡方式。

「呃，我倒是有件有點在意的事。」

砂羽把那天巧遇怜人的事告訴他們。當然細節有所保留，只說怜人把別人的鋼筆當作是自己的帶來調整。

「我想鋼筆只是個藉口，其實他也很想改變吧……」

真廣小姐同意多和田先生的看法。

「沒錯，只是想在砂羽面前逞威風。」

我真蠢。

只在意他謊稱父親的那枝高價鋼筆是自己的，沒想到這一點。

「難不成妳也是有所期待？才會待在那間說什麼人生可以改變的店……」

伶人知道 Medico Penna 的另一面，知道它不單只是買賣、維修鋼筆的專賣店。

既然如此，他想改變什麼呢？

午休時間快結束了。「吃個甜點如何？」雖然被這麼問，但不想當電燈泡的砂羽先行離開，獨自回店。

店門口停著一輛小貨車。

有個身穿工作服的男人正準備搬運什麼東西的樣子。砂羽想起今早上班時，透馬居然一早就起床收拾桌子四周，而且一副雀躍的樣子。

「你一定會喜歡，這可是我的得意之作呢！」

看來好像是新的研磨機器。現在用的是厚鐵板組成，像是老虎鉗的機器，新機器則是造型洗鍊的不鏽鋼製，看起來很氣派。

按下開關。

聲音遠比舊機器小多了。

「沒那麼吵，就不會干擾交談，待客起來也輕鬆多了，是吧？」

「就是啊，這樣我就能帶著它出門工作，不會惹人皺眉。謝謝你，三木先生。」

看到砂羽回來，透馬趕快吩咐她備茶。

「不用了，你在忙，不必麻煩了。」

此時，砂羽的視線正好和穿著工作服的男人撞個正著。

「咦，社長？」

總覺得那很有特色的聲音在哪兒聽過，沒想到——

「介紹一下，這位是並木先生，我們都叫他三木先生就是了……」

「請多指教唷。」

砂羽看著眼前這位對工讀生也很有禮貌的男人，趕緊說：「前陣子真是謝謝您。我是……曾去貴公司應徵的野並砂羽。那時社長親自為我介紹公司，還安排筆試和面試。」

起初有點搞不清楚狀況的社長想起了砂羽來公司應徵一事。

「啊，喔喔……妳就是那位有枝名貴鋼筆的學生嗎？」

意外的接觸點，人的緣分真奇妙。

「妳果然很喜歡鋼筆啊，沒想到妳會在這裡工作。」

當時的砂羽對鋼筆談不上喜歡，只是父母餽贈之物，因為聽從透馬的建議，開始使用罷了。

——結果用了也沒發生什麼好事。

後來，她委託透馬找買家，拿到一筆不小的金額，足夠作為今後的生活費。

社長不知道砂羽的情形，笑著問：

「大學畢業後要在這裡工作嗎？」

「沒有，只是暫時在這裡打工而已……」

「是喔。」

對方未再多問什麼，砂羽點頭行禮後走進後場。

把東西塞進置物櫃，梳整頭髮時，傳來透馬送社長離開的聲音，接著響起引擎聲。

砂羽步出後場，瞧見透馬使用新磨床開始工作。

「砂羽，原來妳認識三木先生啊！」

可能是因為新機器沒什麼噪音，也不會劇烈震動，透馬難得工作時說話。

「記得妳說有人告訴妳要想想自己喜歡什麼、想做什麼，那個人就是並木工業的三木先生嗎？果然很符合他的作風啊！」

切掉電源，迴轉中的砥石降速。

透馬聊起和並木社長初次見面的經過。

透馬和 Medico Penna 的常客談起磨床製作一事，對方介紹的就是並木工業股份有限公司。

「那時老社長還在，所以當時三木先生不是社長，是專務。因為是原創製品，必須先試做，於是買了許多便宜的二手鋼筆當實驗品，結果研發出超乎我想像的機器。這次我希望機器聲音小一點，重量輕一點，他果然不負期望。身為社長的他骨子裡是個熱愛工作的小學生唷。」

砂羽想起並木社長說過自己的幼時回憶，他會偷偷溜進祖父的工廠，擅自操作機器切割各種東西。從小就有的興趣就這樣一路連結到工作，真令人羨慕。

「店長也是從小就對鋼筆感興趣嗎？」

「怎麼可能啊，我只是個很單純的普通小孩，喜歡追求刺激的東西，像是戰鬥卡片、遊戲之類的。」

這麼說的透馬聳聳肩。

「我小時候很流行超能力之說，所以能夠預測未來、看見一般人看不到的東西，解決困難事件的超能力者成了媒體寵兒，學校還流行折彎湯匙什麼的。我有段時間也很想擁有超能力，為了修練，忍耐不碰喜歡吃的東西，還學人家做瀑布修行，冬天洗冷水澡，結果大病一場。現在想想，那時真蠢，幸好我馬上就領悟到自己沒有這方面的才能，死了這條心。」

想像在浴室洗冷水澡的小透馬，砂羽忍不住笑出來。

「不會吧，還真的相信那種事？」

也許他就像相信有聖誕老人的天真孩子。

「不管是不是真的，總覺得那種人的存在有時挺療癒的，對活在悲傷深淵裡的人們，還有在痛苦中掙扎的人們來說……」

透馬的眼裡抹上陰鬱。

「所以超能力者才會被當作搖錢樹，被激進團體利用，之後媒體就不敢再吹捧什麼超能力者了。」

或許「改變人生的鋼筆專賣店」是出於幼時心中那股「想用不可思議的力量，拯救別人」的正義感吧。

砂羽突然看向他處，瞥見多和田先生與真廣小姐站在店門口。砂羽頷首打招呼，兩人一起回頭揮手離去，並未進店。

可能是去別家咖啡廳，繼續愉快地聊天吧。

「也是鋼筆的力量撮合了那兩個人嗎？還是……」

——店長的超能力？

透馬早已埋首工作。

那天砂羽回家後，簡單用完晚餐，迅速洗澡，始終很興奮。

——還沒正式上市，真廣小姐的小說……

總覺得像在作夢。

砂羽慵懶地半躺在堆疊於床頭的靠枕上，翻開《筆的十字路口》。剛出爐的書，有著一股紙張與油墨的香氣。

怜人穿著質地柔軟，一看就知道是名牌貨的淺褐色外套，踩著輕快腳步走向玄關時，瞧見從門縫窺看屋內的砂羽，頓時嚇得睜大眼。

「哇！嚇我一跳，妳怎麼會在這裡？」

怜人一臉警戒地緩緩走向砂羽。

「我只是想告訴你一件事，馬上就走……怜人先生，沒有什麼『魔法鋼筆』。」

「啊？」

「這裡寫著令尊的事。」

砂羽手上拿著《筆的十字路口》，也就是真廣小姐的出道作。

「某位小說家就算手無法靈活動作也想寫小說，於是他請調整師打造一枝特殊的鋼筆。」

描寫一位飽受病魔摧殘，失去握力，雙手無法靈活動作的知名小說家。

「聽真廣小姐說，這故事是取材自犀星堂總編輯年輕時的親身經歷。」

怜人別過臉。

「這位小說家就是令尊吧？」

以工整文字描述用不再靈活的手握著鋼筆，即使痛到滲血也不斷寫稿的作家身姿。

以為病況會急速惡化，沒想到短暫地稍有起色，之後又如被棉布勒住脖子那樣，病魔逐漸侵蝕作家的身心。

現今這個時代都是用電腦做文書處理，但作家依然堅持用鋼筆書寫，「故事存在於腦子與紙張之間，從中穿針引線的就是鋼筆」這是他的信念。

於是，責編拜訪某位鋼筆調整師，請他依作家的病況，打造一枝適用的鋼筆。無奈脾氣彆扭的作家怎麼樣都不滿意，要求調整師重做好幾次。最後，調整師在又重又粗的筆身裝上可以寫出優美日文字的筆尖，才大功告成。

這故事描寫調整師不斷嘗試各種可能性、作家的病況，以及完成原稿的曲折過程，當作家終於以理想中的鋼筆完成大作時，那段描寫更是令人動容。

可說是完全不同於在 KAKOYOMO 連載的作品，非常值得讀的小說。真廣汀正式步入文壇之作是讓書迷眼睛一亮、瞠目不已的傑作。

「莫非伶人先生也是小說家？而且和令尊一樣，是用鋼筆寫稿……」

若非如此，為何訂購印有自己名字的稿紙？

「為了想和令尊一樣寫出優秀作品，才會拿著那枝鋼筆……」

砂羽的腦中響起多和田先生的聲音。

「沒想到 Sailor 的兄長 Pilot 因為某種原因，得到這枝魔法鋼筆。Pilot 突然發揮傳承自父親的才華，一掃陰霾似的傑作連發。」

但，世上沒有這種鋼筆。

「令尊是令尊，怜人先生是怜人先生，做自己就好，不是嗎？」

「妳懂什麼啊？」

怜人很激動。

「我就是懂！」

不服輸的砂羽吼到喉嚨都有點啞了。

「雖然我不會寫小說，但我懂書迷的心情。就像我從真廣汀老師還是業餘時期就關注她的作品，一定也有人喜歡怜人先生的創作，一定有！」

看得出怜人的態度瞬間軟化。

「再來一次我們店裡吧，店長一定能幫忙挑選一枝最適合你的鋼筆……那個人的確有著改變人生的力量，請相信我……」

砂羽轉身，飛也似的離開。

不停奔跑的她不知為何眼眶泛淚。

什麼鋼筆改變人生，助你實現願望，其實砂羽也不相信。若真是如此，她早就決定好畢業後的出路了。

來訪Medico Penna的人們並非因為鋼筆而改變人生。

對於真心想改變人生，也願意付諸行動的人來說，Medico Penna是一處轉運站。來訪的人早已做好準備，透馬只是從身後推他們一把，目送他們和仔細調整過的鋼筆一起前往下一個目的地——

唯有真摯祈願者，神才會對他微笑。

所以砂羽希望怜人鼓起勇氣，再次造訪Medico Penna，找回虛心向透馬說出真心話的勇氣。

從那天起，砂羽一上工就先確認預約單，每當電話響起，期待怜人來電的她就會跑過去接，無奈一週過去，怜人還是沒有聯絡。

——果然我太胡鬧了。

透馬終於忍不住問每當電話一響，不是很興奮就是很失落，情緒明顯起伏的砂羽：

「怎麼了？看妳有點心神不寧。」

「其實……」

砂羽知道可能會挨罵，還是說出她去找怜人的事，還有小說《筆的十字路口》提到的逸話。

「咦？是喔。」

深感詫異的透馬說自己還沒讀這本小說。

「枉費真廣小姐還沒出版就先送你一本。」

「還有很多工作還沒做嘛。我只是覺得那枝 Edson 的主人應該不是泛泛之輩，沒想到竟然是暢銷作家……」

「啊……」

這時，有個淺褐色物體經過窗外。

砂羽奔去開門。

「你來了啊！」

怜人神情傲慢，只說了句：「是啊。」

「店長，有客人。」

今天這時間沒有預約。

「請坐。」

坐在桌前的透馬起身，示意怜人落坐。怜人不太情願地坐下。

「有帶您用的鋼筆過來嗎？」

怜人默默從包包掏出筆盒。

裡頭並排著五枝鋼筆，雖沒 Edson 那麼名貴，卻都是高價品的樣子。

「請在這裡寫上您的名字……」

怜人用左手取出一枝鋼筆，在試筆紙上從左到右寫了「寺田怜人」。

用左手握筆的模樣看在砂羽眼裡，甚是奇妙。

「寺田先生，您不太滿意這枝鋼筆，是吧？」

「是啊……都不滿意。」

怜人氣惱地瞥了一眼擺著好幾枝美麗鋼筆的筆盒。

「也是啦。」透馬點點頭，接著說：

「畢竟左撇子用鋼筆寫字時，壓筆的力度比較大，若是像前幾天拿來調整的 Edson 那麼硬的筆尖就還好，要是一般的筆尖，只要角度不對就容易出墨不順，所以必須調整成就算壓筆的力度稍大也能順利出墨，或是一開始就製造給左撇子使用的鋼筆。不好意思，您寫字時應該經常刮破紙吧？」

「嗯……」

怜人本想回「你怎麼知道？」，但話到嘴邊又吞了回去。

透馬再次看向排放在筆盒裡的鋼筆。

「寫字時用力壓筆，出墨就會不順，當然也是因為這些鋼筆都是適合右撇子，而不是左撇子使用的鋼筆。不過，左撇子使用鋼筆之所以覺得手感不順，最大的原因在於書寫方向。橫寫時，手會遮到文字；直書時，握筆寫字的動作則是與文字行進的方向相反。尤其是橫寫時，因為手會摩擦到剛寫好的文字，導致墨水暈開、字體糊掉。那麼，您都是用什麼樣的墨水呢？哦，明白了，這是染料墨水。」

砂羽想起指導教授說過的話。

「我建議左撇子的考生使用顏料墨水……左撇子橫寫時，手不是馬上會摩擦到文字嗎？所以用適合速乾的顏料墨水。」

怜人就是要用這種墨水。

透馬起身打開寫字桌，取出一枝鋼筆。

放在筆盤上的是藍色塑膠製，設計充滿玩心的鋼筆。

「請試試看。」

怜人疑惑地看著筆尖浸入墨水瓶。

「這是德國知名品牌 Pelikan 的兒童用鋼筆，又稱為 Pelikan Junior，這是專為左撇子設計的鋼筆。握筆處有三個凹點，請把手指置於那三處凹點上。」

怜人照著透馬說的拿起筆。

然後緩緩地在試筆紙上寫下自己的名字。

「不好意思。」

透馬走到怜人身後，調整他的手部位置。

「請以這狀態試寫。」

這是手置於寫出的字上方，一種特殊的握筆方式。

「左撇子的人都會以握鉛筆或原子筆的方式握鋼筆，其實那種握筆方式不適合鋼筆。您就從使用價格便宜的鋼筆開始適應這樣的握筆方式，如何？」

怜人無言。

「寺田先生，即使是左撇子，只要花點心思也能善用鋼筆喔。重要的是，不是用力壓筆，而是領會筆尖輕輕接觸紙張時的書寫感。左撇子專用的鋼筆就是要讓人體驗這種感覺。」

不清楚是否喜歡，但怜人聽從透馬的建議，買了左撇子專用的鋼筆。

「要不要來杯咖啡？這是提供給在本店消費客人的服務。」

面對微笑著這麼說的透馬，怜人不再抗拒。

「我出道時……」

透馬準備咖啡時，怜人聊起自己的事。

「身為暢銷作家的兒子這件事讓我備受期待，但我的小說始終賣不好……所以我想，要是用家父的工具來寫小說，或許能寫出暢銷作……」

聽過真廣小姐說成為職業作家的煩惱，只覺得被逼至這般窘境的怜人很可憐，實在嘲笑不了他的幼稚行為。

「可是家父的每枝鋼筆都出墨不順，很難寫……彷彿在說你不是我們的主人。」

怜人說完後，陷入沉默。

砂羽看著咬著唇，凝望虛空的怜人，彷彿看見自己的身影。

曾在砂羽手上的那枝鋼筆象徵著一種無形的壓力。一旦辜負父母和周遭的期待，就沒有存在的價值，被威脅性與陳腐思想束縛的孩子——

然而，這是自己給自己的枷鎖。

透馬並未多說什麼，只說：「您今天買的鋼筆，今後將支持著寺田先生的寫作。」

新鋼筆將斬斷一直囚縛著怜人的那個無形枷鎖嗎？

還是——

一切要看怜人自己。

要是怜人不設法改變，命運之神就不會對他微笑，這是連透馬的神力也無法企及的事。

「謝謝。」

一如往常，砂羽幫客人開門。

瞬間一道明亮的光射入，像是在祝福怜人踏出新的一步，耀眼炫目得讓人不禁瞇起眼睛。

怜人看著砂羽，一副欲言又止樣。兩人一起步出店外，砂羽目送他坐進等在店門口的計程車。

「抱歉。」

「嗯？」

「對妳說了那麼過分的話……」

車門「砰」的一聲關上。

「期待您再次光臨。」

砂羽朝著怜人那神情緊繃的側臉，行禮致意。

——請靠自己的力量掌握命運吧，因為這裡是想改變人生的人匯聚的地方。

直到計程車拐過街角，砂羽才回到店裡，透馬正在接電話。

「啊，剛好，找妳的電話。」

「咦，找我的？」

「好像很急，妳去裡面接聽吧。這裡有我在。」

接過電話子機的砂羽被趕進後場。

「你好，我是野並。」

「喂，野並小姐，這事有點急，這禮拜妳能空出時間嗎？大概下午兩個小時左右。」

雖然這時砂羽尚未從透馬口中得知對方的名字，但那別具特色的低沉嗓音，一聽就知道是誰。

「啊，並木社長，受您照顧了。後天可以嗎？不用打工……」

這麼回應的砂羽對於並木社長找她一事，深感疑惑。

「那就後天吧。對了，明天可以先把妳的履歷表給我嗎？用傳真也行……還有預定畢業證明書、成績單都在手邊吧？」

「嗯，那個……」

「如果妳有意願的話……我們有個客戶正在為錄取了的人員突然辭職傷腦筋，雖然有公開招募，但大部分學生都已經決定好出路……所以我就把妳的事告訴他們的人資主管……」

心跳加劇。

「對方想和妳見面。」

聽並木社長說，面試只是形式而已，其實見面就表示錄用。那是一間向並木工業股份有限公司訂製工廠設備的企業，砂羽聽到公司名稱後嚇了一跳，居然是知名的文具製造商。

「那麼知名的公司，我……我去上班真的好嗎？」

砂羽不敢置信地說，電話另一頭傳來笑聲。

「還沒進去之前，沒有所謂的好與不好，必須要等到實際進去後，才會曉得合不合適吧。」

「是……的確如此。」

對並木社長來說，公司名氣大小與否，一點意義也沒有。

「總覺得好像在作夢……謝謝。」

「記得最初見面時，妳一臉陰沉，可能是因為遲遲沒被錄取，心情低落吧。其實我很想錄用妳，但我們家的女員工都是強悍的老屁股，可能和妳不太合，所以才沒要妳進我們公司。妳一定很恨我吧？」

「沒……沒這回事。多虧社長告訴我，要找尋自己喜歡的事物，才會讓我想到來這裡工作。」

「若是這樣，那就太好了。妳的表情開朗多了，一定很喜歡現在的工作吧。但是，也不能一直留在那裡——我好像管太多了……」

「怎麼會呢，真的很謝謝您。」

「要謝的話，就謝冬木先生吧。別看他那樣，他最怕女人哭了。」

看來是透馬拜託並木社長留意工作機會的樣子。

砂羽曾向透馬哭訴，讓找不到工作的她畢業後留在這裡工作。那時，透馬說自己不能答應這種不負責任的事，所以拒絕了。原來他一直放在心上，砂羽好開心。

但接下來從並木社長口中迸出的話，讓她十分詫異。

「畢竟他之所以繼承這間店，也是因為讓某位女人掉眼淚……」

「咦，咦？店長不是單身嗎？」

話筒那頭傳來帶著笑意的聲音。

「妳是不是胡亂聯想啊？我說的女人，又不限於年輕女人啊。好比讓擔心總是背著背包，四處流浪旅行的孫子，希望他好好工作的老婆婆掉眼淚……」

此時，透馬衝進後場，一把奪走砂羽手上的電話子機。

「三木先生，你是不是對我們家的工讀生亂說什麼啊？」透馬臉色驟變地質問，話筒那端傳來並木社長的開朗笑聲。

鋼筆有著改變人生的力量，要不要試著改變你的人生呢？

沒想到，因為鋼筆而大幅改變人生的人，說不定是透馬自己。

「恭喜。」

掛斷電話的透馬很自然地這麼說。

總算趕在畢業前夕決定了出路。

真令人驚愕。

之前一直那麼煩惱，到底是怎麼回事啊——

「難得有喜事，來慶祝一下吧。」

透馬咳了一聲。

「但還不曉得會怎麼樣呢……雖然並木社長那麼說，搞不好面試後對方很失望……覺得我沒那麼好……」

各種念頭一起在腦子裡盤旋，砂羽覺得好不真實。

「我說妳啊，最好別那麼想。什麼『反正我只是怎樣』、『我沒那麼好』的口頭禪還是戒了吧，好不容易到手的運氣可是會溜走喔，對於幫忙介紹的三木先生也很失禮。」

砂羽啞口無言。

「好了，拿出自信吧。」

「是。對了，店長……」

砂羽嚥了嚥口水。

「如果真的錄取的話，可以幫我挑選一枝適合我的鋼筆嗎？」

砂羽寄售的那枝 MONTBLANC 鋼筆早就賣掉了。

那是一枝包藏著砂羽父母的祈願，卻不知女兒深受其苦的鋼筆。新主人肯定會好好愛護開開心心買下的鋼筆吧。

所以，這次她要買一枝適合自己的鋼筆。

「不錯喔，一枝適合嶄新人生的鋼筆，請務必讓我幫妳挑選……」

透馬露出春陽般燦爛的笑容。

謝辭

寫作本書期間，承蒙神戶市中央區北長狹通5-1-13的「Pen and message.」老闆，也是調整師吉宗史博先生的鼎力協助與指導，再次致上最深謝意。此外，本書內容若有錯誤之處，責任歸屬作者。

本書是全新創作。

參考資料

- 《万年筆の達人》（暫譯：鋼筆達人），古山浩一，枻出版社，二〇〇六年三月。
- 《万年筆を極める》（暫譯：窮究鋼筆），赤堀正俊，KANKI 出版，二〇〇八年二月。
- 《PEN BRAND 世界の万年筆ブランド　珠玉の万年筆と45のブランド物語》（暫譯：PEN BRAND 世界鋼筆品牌 珠玉的鋼筆與四十五個品牌故事），枻出版社，二〇〇八年十一月。
- 《万年筆国産化一〇〇年　セーラー万年筆とその仲間たち》（暫譯：鋼筆國產化百年 Sailor 鋼筆與它的夥伴們），桐山勝，三五館，二〇一一年三月。
- 《惚れぼれ文具　使ってハマったペンとノート》（暫譯：令人憧憬的文具 用了就迷上的筆與筆記本），小日向京，枻出版社，二〇一九年二月。
- 《万年筆とインク入門》（暫譯：鋼筆與墨水入門），枻出版社，二〇一九年二月。
- 《万年筆バイブル》（暫譯：鋼筆聖經），伊東道風，講談社選書 Métier，二〇一九年四月。
- 《趣味の文具箱 vol.50：ヴィンテージの誘惑ペリカン茶縞のすべて》（暫譯：趣味的文具箱第 50 期：復古的誘惑——Pelikan 棕色條紋的全部），枻出版社，二〇一九年六月》
- 《趣味の文具箱 vol.54：万年筆ペン先職人　長原幸夫の「万年筆の流儀」》（暫譯：趣味的文具箱 ol.54：鋼筆筆尖職人長原幸夫的「鋼筆之道」）枻出版社，二〇二〇年六月。
- 《るるぶ情報版　るるぶ神戸　三宮　元町 22》（暫譯：漫步情報誌 漫步神戶 三宮 元町 22），JTB Publishing，二〇二一年四月。

參考網站

「Pen and message」http://www.p-n-m.net

「SURUGA d-labo」特輯「Be Unique~Only one的事～Vol.3 鋼筆繪畫第一人 古山浩一的美學」http://www.d-laboweb.jp/special/sp123/

*還有很多參考書籍與網站，就不一一列出。

文學森林 LF0194

鋼筆醫生：將會改變你的人生——
メディコ・ペンナ 万年筆よろず相談

作者
蓮見恭子
一九六五年生於大阪府堺市。畢業於大阪藝術大學美術學系。
二〇一〇年以《女騎士》榮獲第三十屆橫溝正史推理大獎優秀獎，正式步入文壇。主要著作有《國際犯罪搜查官・蛭川塔尼亞》系列、《島一古董商——春夏冬人情故事》、《不良少年高中猜謎研》、《閃耀吧！浪華女子大驛傳社》。以《章魚燒的岸本》榮獲第八屆大阪道地書籍大獎。

譯者
楊明綺
東吳大學日文系畢業，曾赴日本上智大學新聞學研究所進修。
譯作有《這幅畫，原來要看這裡》、《名畫的動作》、《蜜蜂與遠雷》、《六個說謊的大學生》、《漣漪的夜晚》、《村上私藏——懷舊美好的古典樂唱片》等。

封面設計　謝佳穎
版面構成　楊玉瑩
版權負責　李家騏
行銷企劃　黃蕾玲、陳彥廷
副總編輯　梁心愉
初版一刷　二〇二四年十二月二日
定價　三二〇元

ThinKingDom 新経典文化
發行人　葉美瑤
出版　新經典圖文傳播有限公司
地址　臺北市中正區重慶南路一段五七號十一樓之四
電話　02-2331-1830　傳真　02-2331-1831
讀者服務信箱　thinkingdomtw@gmail.com
FB粉絲專頁　https://www.facebook.com/thinkingdom/

總經銷　高寶書版集團
地址　臺北市內湖區洲子街八八號三樓
電話　02-2799-2788　傳真　02-2799-0909
海外總經銷　時報文化出版企業股份有限公司
地址　桃園市龜山區萬壽路二段三五一號
電話　02-2306-6842　傳真　02-2304-9301

國家圖書館出版品預行編目(CIP)資料

鋼筆醫生：將會改變你的人生/蓮見恭子著；楊明綺譯.
-- 初版. -- 臺北市：新經典圖文傳播有限公司, 2024.12
274面；14.8×21公分. -- (文學森林；LF0194)
譯自：メディコ ペンナ：万年筆よろず相談
ISBN 978-626-7421-51-2(平裝)
EISBN 9786267421529(EPUB)
861.57　　113017469

Medico Penna

メディコ・ペンナ 万年筆よろず相談

Medico Penna

メディコ・ペンナ 万年筆よろず相談